徳間文庫

拵屋銀次郎半畳記

汝戟とせば㈡

門田泰明

徳間書店

二十八

銀次郎の人生が己れが大事としてきた拵屋稼業から、掛け離れた波瀾の状況へと更に混迷の度を深めていく前に、ここで二人の秀れたドイツ人の大航海のGeschichte（歴史）に大胆なOriginalität（創意）を交差させて著述していく必要が出てきた。

元禄三年（一六九〇）八月、シャムSiam（現在のタイの旧称）の港を発った頑丈な三檣のダッチ・ガレオン（三本マストのオランダ帆船のこと）が、雲ひとつ無い快晴の夏の大海原を日本の長崎へと次第に近付きつつあった。

一隻はオランダ連邦議会の事実上の支配下に置かれている**オランダ東インド会**

社（正しくは連合オランダ東インド会社）の商船プリンセス・シャルロッタ号（de Princess Charlotta）、そして別の一隻は強力な武装を備えた、海賊ほかを警戒するための護衛の軍艦だった。

この頃のオランダ東インド会社はアジア貿易に関して大きな活動上の権限を付与されており、主要交易商品の集積・搬送の基地として**バタヴィア** Batavia を開発・建設し、犬猿も徒ならぬ仲のポルトガル、スペイン、イギリスなどに対抗する目的で城塞を築くなどして、強力な艦隊兵力を組織していた。

改めて述べるまでもなく**バタヴィア**とは、現在のインドネシアの首都であるジャカルタの、オランダ植民地時代の旧称である。

この日、凪いだ大海原を長崎へ向けて航行するプリンセス・シャルロッタ号の甲板では、二人の男が共にさして大きくはない**オランダ望遠鏡**を手にして立ち、海の彼方に目を向けながら談笑していた。一人は軍服を着た長身の黒髪で精悍な印象の二十七、八歳。腰から Säbel（剣）を下げている。もう一人は小太りで金髪が美しい上品なコールマン髭の四十前後だった。

「まもなく彼方に待ち兼ねていた陸地が姿をあらわすだろうアルフレッド・ケス

トナー Alfred Kästner 大尉」

「初めて訪ねる日本です。見たい会いたいと考え続けてきた**サムライ**にいよいよ対面できるのだと思うと武者顫(むしゃぶる)い、あ、いや、緊張いたしますよエンゲルベルト・ケンペル Engelbert Kaempfer 先生」

「うむ。私も初めて日本の土を踏む訳だから、ケストナー大尉と全く同じ気分だよ。私も君も相手(サムライ)に対する礼儀作法には注意しなければね。彼らは非常にその点ではうるさいようだから」

「はい。用心いたします。けれども**サムライ**流の礼儀とか作法について私は詳しくありません。出発前に手渡された『**サムライ**を相手とした時の心得』という小冊子を読みはしましたが……」

「ま、余り堅苦しく考えない方がよいかも知れない。言葉も肌の色も異なる相手だが、同じ人間ではないか。誠意とか誠実ということについては、万国共通であると信じたいな」

「その通りですね。それに私も軍人、二本の刀で武装した**サムライ**も軍人。判(わか)り合える筈(はず)がない、とは考えたくありません」

「おっと、少し待ちたまえケストナー大尉。君は確かに秀れた軍人として、また軍参謀組織の研究者として、二本の刀で武装する日本の**サムライ**に大いなる関心を抱き、その実態調査とかを申請し認められ、こうして長崎に向かうプリンセス・シャルロッタ号に乗船している訳だが、**サムライ**の全てを軍人と決め付けることには問題がありそうだぞ。下手をすると、騒ぎになりかねない」

「え？……それ、どういう意味なのでしょうか。ケンペル先生」

「軍人である君も医師である私も、第五十九代オランダ商館長（カピタン Capitão）に就く予定のヘンドリック・ファン・バイテンヘム Hendrick van Buijtenhem 氏の随員として長崎に向かっている訳だが、今回初めて日本の土を踏む君や私と違って、ヘンドリック・ファン・バイテンヘム氏は第五十六代及び五十三代オランダ商館長を既に経験していらっしゃる。**サムライ**のことは、かなりよく御存知だから、長崎へ着くまでの間に新カピタンの船室を訪ね、**サムライ**に関する講義をたとえ短時間でも改めて受けておくべきだと思うね」

「ケンペル先生は、どうなさいます？」

「私は医師だ。命を相手としている医師というのは不思議と異国の人と和やかに接し合えることが出来るものだよ」

「なるほど、そうかも知れませんね。私のような軍人は戦(たたか)う臭(にお)いが体に染(し)み付いていますよ……判りました。善(ぜん)は急げです。今から新カピタンの船室のドアをノックしてみます」

「うん。それがいい。新カピタンも長い船旅で疲れていらっしゃるだろうから、丁重にな」

「心得ております。では先生……」

ケストナー大尉はにっこりと微笑(ほほえ)んだあと、軽く敬礼をして離れていった。

「さてと、私も少しばかり疲れ気味なのだ。早く陸地が見えてほしいものだが……」

医師ケンペルは、ぼそぼそと呟(つぶや)くと、日焼けした顔にオランダ望遠鏡を近付けていった。

望遠鏡はオランダのミデルブルフのガラス工場で働くレンズ研磨師のリッペルスハイ Hans Lippershey が一六〇八年に軍用として開発し、翌年の一六〇九年にイタリアの天文学者にして物理学者のガリレイ Galileo Galilei が、リッペルスハイの理論に沿うかたちで新しい望遠鏡を仕上げていた。

一般にリッペルスハイやガリレイが手掛けた望遠鏡のことをオランダ望遠鏡と称しているが、べつにガリレイ望遠鏡とも呼ばれているようだ。

「まだ見えないな」

そう漏らして、医師ケンペルは望遠鏡を下ろし小さな溜息（ためいき）を吐（つ）いた。

バロック baroque 時代のドイツの外科医であるケンペルは博物学にも長じ、また数か国語を解することの出来る極めて有能な人物だった。急速に発展拡大するオランダ東インド会社に注目して専属医官となり、長崎・出島（でじま）へ第五十九代カピタン（オランダ商館長）として赴任するヘンドリック・ファン・バイテンヘムに付き従ってきたのだ。

バロック時代のバロックとはポルトガル語の barroco（歪（ゆが）んだ真珠）から来ている。十六世紀後半頃から十八世紀はじめ頃にかけてヨーロッパに満ち広がった建築および建築装飾、彫刻や絵画などに見られる動的に過ぎたる芸術様式（というよりは時代様式）を指しており、一時期においては蔑称（べっしょう）の意味を含んでいたりもした。

（カピタンという表現はどうも気に入らないが、ま、日本側が甲比丹（カピタン）なる文字を

用いて常用している……というから我慢するしかないなあ）

胸の内で声にならぬ声で呟いた医師ケンペルは、再び望遠鏡を覗(のぞ)き込んだ。

ケンペル医師は今朝の遅い朝食のあと、新カピタンの船室で紅茶を飲みながら、**カピタンという表現**について話し合っていた。

実は、カピタンという語はオランダとは犬猿も徒(ただ)ならぬ仲である、ポルトガルの言葉であった。

ケンペル医師はドイツ人ではあったがオランダ東インド会社の医官に就いたこともあって、『ポルトガル語のカピタンという表現を用い続けることは避けて、この際**オッパーホーフト** Opperhoofd（オランダ商館長）に改めてはどうか』と申し入れたのであったが、新カピタンに就く予定のヘンドリック・ファン・バイテンヘムは穏やかな表情に苦笑(にがわら)いを浮かべ、首を穏やかに横に振ったのだった。

「それはケンペル君ね。日本政府（徳川幕府）にわざわざ喧嘩を売り付けるようなものだよ」

と言い切って……。

既に第五十六代及び五十三代オランダ商館長を経験してきたヘンドリック・フ

アン・バイテンヘムの〝否定〟の態度であったから、ケンペル医師は自分の考えをそれ以上は推さなかった。

「お、あれは……」

四半刻(しはんとき)近くも望遠鏡を顔に近付けたり、離したりしていたケンペル医師の上体が、思わず前に小さく傾いた。望遠鏡の焦点を小忙(こぜわ)しく調節している。

「見えた。間違いない……日本だ」

まだ長崎の土を一度も踏んでいない筈のケンペル医師ではあったが、やや上擦(うわず)った声を確信的に漏らした。

「先生、カピタンが船室までお呼びです」

後ろでケストナー大尉の声がしたので、ケンペル医師は望遠鏡を下ろして振り向いた。

彼ら二人にとって、第五十六代及び五十三代カピタンを経験してきたヘンドリック・ファン・バイテンヘムは最早(もはや)、第五十九代のカピタン予定者でも新カピタンでもなく『**カピタン**』そのものであった。

「わかった。が、まあ、とにかく自分の望遠鏡を覗いてみたまえ」

「えっ。ついに見えましたか陸地が……」

「うん。小さく、うっすらとだが、あれは鯨の背中などではない。陸影だ」

促されてケストナー大尉はケンペル医師と並び立ち、望遠鏡を覗き込んだ。

船が揺れたが、二人が立つ姿勢を崩すほどではなかった。

「なるほど。見えていますね。鯨の背中などではありませんよ。まぎれもなく陸地です」

「つまり日本だ」

「はい。よほど進路に誤りがない限りは」

そう言って、笑顔で望遠鏡を下ろしたケストナー大尉だった。

「いよいよケストナー君は、ドイツ軍人として、また軍参謀組織の研究者として、並はずれて秀れた日本の学者に会える訳だ。幕府将軍の許しを得た上で長崎奉行所の推してくれた**新井白石**という名の学者にな」

なんと、新井白石の名が出たではないか。

「改めて教えられるまでもなく、日本は異国人にとって非常に難しい国であると先程、カピタンの船室で諭されてきました。私は本当に新井白石殿にスムーズに会えるのでしょうね、ケンペル先生」

「君はドイツの軍部に正式に推されて、この三檣のダッチ・ガレオンに乗船しているんだ。つまり軍を代表して、日本研究のために長崎の土地を踏む訳なのだよ。長崎・出島の**第五十八代**オランダ商館長が、君の日本訪問の詳細について既に徳川幕府の許可を得ているというのだから、新井白石先生に会えることについては心配はあるまい。上陸してからあとの事は、第五十六代及び五十三代カピタンの経験が既にある我らの**Chefe**（頭（かしら）、ボス）に任せておけば何事もうまく運ぶよケストナー大尉」

「そうですね。漸（ようや）くここまで来たのですから心配し過ぎないように致しましょう。ですがケンペル先生。Chefe はポルトガル語です。新カピタンのことを仰（おっしゃ）るのなら矢張りオランダ語を用いて **baas**（ボス、親方）となさって下さい」

「あ、これは失礼。そうだったね」

ケンペル医師はあっさりと詫（わ）びて、ニヤリと笑った。

「では baas（ボス）の船室へ行ってくるよ。陸地が見え始めたことも伝えなきゃあな」

「いま船室へ行けば、旨（うま）い紅茶が飲めますよ。私も味わってきました」

「そうか。じゃあ……」

ケンペル医師はケストナー大尉の肩を軽く叩くと、離れていった。

ケストナー大尉は改めて望遠鏡を覗きながら、隣にケンペル医師がいるかのように、ひとり言を吐いた。まるで話し掛けるかのように。

「それにしても感動ですよ。このケストナー大尉はまぎれもなくダッチ・ガレオンに乗船し日本に近付きつつあるのです。まったくオランダという国は……いや、オランダ人魂というのは凄いです」

船が左右に揺れて、ケストナー大尉は思わず両脚を踏ん張った。望遠鏡は顔から離さない。

この作品のこの項に頻繁に登場している**オランダ表現**だが、実はポルトガル語のオランダ Olanda に由来する。また建国以来の政治、経済、文化の中心地がホラント州であったことからホラント Holland に由来する、とも言われてきた。が、正式の国名はネーデルラント Nederlanden 王国であることを断わっておきたい（ネーデルラントとは『低い国』の意味。日本の九州の面積に近い国土の、約1／4は海抜0（ゼロ）メートル以下）。

ケストナー大尉は望遠鏡を下ろして、後ろを振り向いた。ボスbaas（新カピタン）との紅茶を楽しんでいるのか、ケンペル医師はまだ戻ってこない。

ダッチ・ガレオンがまた揺れた。今度は大きかった。

船首付近に立っていた大男のmatroos（マダロス）（水先案内人、水夫など）が、よろめきながら早口で何やら叫んだ。前方を指差しているから、彼ら特有の資質であるすぐれた視力で、陸影を彼方に認めたのかも知れない。他の水夫たちへも、たちまち騒ぎが広がった。

頑丈な三檣（さんしょう）に張られた大きな帆に受ける風をエネルギーにしている船体とは言え、大海原の波の力に比べれば一葉（いちよう）の小さな猪牙船（ちょきぶね）だ。いや、それ以下かも知れない。

ケンペル医師が足元をよろめかせながら、笑顔で甲板（かんぱん）に上がってきた。

「お、何やら皆、元気に賑（にぎ）わっておるな」

ケンペル医師は周囲（まわり）を見まわしながら、ケストナー大尉に近寄ってきた。

船員の水先案内人の方を指差して、ケストナー大尉が言った。

「あの大男がどうやら肉眼で陸影を捉えたようです」

「なるほど、それでか……ところでケストナー君。私もボスも君がそれの達人であることは既に承知しているが」

ケンペル医師はそこで言葉を休めると、ケストナー大尉の腰から下がっているSäbel（ゼーベル）（剣〈つるぎ〉）に熟（じ）っと視線を注いだ。

やや不安気な表情だ。

「この剣がどうか致しましたかケンペル先生……先ほど船室でボスからは、この剣については何も言われませんでしたが」

「長崎へ上陸したなら、そのゼーベル（剣〈つるぎ〉）はボスの手に預けておけないかね」

「ゼーベルを腰から下げた姿で、長崎へは絶対に上陸してはならぬ、と仰るのですか」

「それほど強い意味ではない。用心のために言っているのだよ。君の人柄というものを信頼していない訳では決してないのだ……」

「先生。既にご存知のように私の家は代代が上級の軍人です」

「うん。むろんそれはボスも私も承知している」

「しかも、いま腰から下げているゼーベルは、亡き父の遺品です。非常によく切れる名刀です。護身のためというよりは、ドイツ軍人の誇りとして、このゼーベルを体から外す訳には参りません」

「そうか。軍人の誇りとしてなあ……そうだよな。しかも君は秀れたドイツ軍人として軍から認められている人物なのだ。よし、わかった。私は承知しよう。そしてボスへも伝えておくよ。但しだ、ケストナー大尉」

「はい」

「余程のことがない限り、ゼーベルのGriff（柄）に手を触れないと約束してくれ」

「剣の扱いに熟達する軍人ほど、普段の場所においては、柄に手を触れることには慎重ですよ先生。心配なさらないで下さい」

「それを聞いて安心した。船室で先ほどボスが私に対し仰っていたのだがね。二本の刀で武装している**サムライ**と雖も我我から見ると、かなり小柄らしいのだ。だからと言って軽く見るのは危険と心得ておきたまえ。皆が皆、小柄な**サムライ**という訳ではないと、ボスは口調を強めておられた。なかには剣客と称する凄い刀の遣い手がいるそうな」

「ケンキャク……ですか。それについては、私はボスから何ひとつ聞かされておりませんが」

「その剣客（ケンキャク）なんだがねケストナー君。目にも止まらぬ速さで刀を鞘（さや）から抜き放ったかと思うと、宙を飛んでいた蠅（はえ）が既に真っ二つになって床に落ちている、と言うのだ」

「な、なんと。それは信じられないような話ですが、事実だとすれば私はますます日本の**サムライ**に憧（あこが）れます。いや、それは素晴（すば）らしい。辛（つら）い航海に耐えてきた甲斐（かい）があるというものです」

「おいおい君。そう気持を高ぶらせてはいかんよ。冷静に聞いて貰わないと……」

「高ぶらせてなどいません。冷静です。大丈夫です」

「我我よりも格段に早く日本と交易を始めたポルトガルを見たまえ。日本という国の性格を見誤って、今や出入り禁止だ」

「日本とポルトガルに関しての事前学習で、ポルトガル人が初めて日本の土を踏んだのは、一五四三年八月の種子島（たねがしま）の門倉（かどくら）崎への**漂着**による、と知りました」

「うん、そうだね。私も学習した。ポルトガル人はその漂着で、日本へ**鉄砲を伝えた**のだった」

「ポルトガル船の日本への正式な最初の入港は確か、一五五〇年六月の**平戸**（長崎県）だったと思います」

「その通りだよ。さすがによく学習しているねケストナー大尉。その後、徳川幕府の信頼を得て順調過ぎる程に交易を拡大したポルトガルだが、何事にしろ順調に過ぎると必ず油断が生まれる。自分の気付かぬ思い上がりに陥ったりもする」

「はい。一六〇九年十二月、大名の家臣（肥前国・日野江城主、有馬晴信の家臣）を殺害した報復を受けて、長崎沖合でポルトガル船マードレ・デ・デウス号が撃沈されました」

「これは大事であったことだろうよ。サムライを殺害したことで、ポルトガル船が報復されたのだからねえ大尉」

「はい。幕府は直ぐさま、ポルトガルに断交を突きつけました」

「このあとポルトガルは幕府に一時期許されて交易を再開するのだが……」

「確か一六三六年九月頃、再び幕府の機嫌を損なったことで、ポルトガル人二八七名がマカオに追放されました」

「しかしまあ、ケストナー大尉。事前学習したくらいで、それほど何でも彼でも覚えられるものかね。恐るべき記憶力じゃないか」

「ケンペル先生こそですよ……私は**ドイツ軍参謀組織の大尉**です。**情報を正しく記憶すること**が将校としての私の勤めであり、また武器でもあるのです。今日まで、そのように厳しく鍛えられてきました」

「なるほど、道理で……」

「一六三九年七月、幕府は正式にポルトガル船の来航を禁止しましたよね」

「一六四七年六月には、ポルトガル船が通商を求めて不意に長崎・出島に来港したが、幕府は拒否し追い返してしまった。それ以降は**オランダ時代**が続いている」

「ええ、この**オランダ時代**を大事にしなければいけませんね先生」

「それには絶対に忘れてはならないことが一つある……」

「絶対に忘れてはならないこと？……」

「判らないかね……君らしくないじゃないか。事前学習から漏れていたのかな」

「はて？……」

「日本という国へ上陸した以上は決して**Christão**（ポルトガル語）という言葉を口にしないことだな。この国では**在来仏教いわゆる北方仏教**（北伝仏教とも）**こそが正当な存在**であって、それ以外の宗教つまりChristãoなどは**邪教**とされているのだよ。**邪教**は純真な人人を言葉巧みに洗脳し誘導し酷い暗黒の世界へ引き摺り込んでいく、と徳川幕府は決め付けているのだ」

「あ、そのことなら心得ています。大丈夫です。用心しますから……一六五四年（承応三年）二月二日に徳川幕府はキリシタン禁制の高札を立てましたが、その高札の中で**『密告した者には層倍の報奨金を支給する』**と布達して（歴史的事実）密告制度に事実上乗り出した、と事前学習で学びましたよ」

「なんだって……その密告制度については、私は知らなかったぞ」

「間違いありません。しっかりと深く学びました。一六五四年二月二日です。頭の中に鮮明な学習記憶として残っています」

「ひとつ教えられたね大尉。有り難う。なるほど、密告制度かあ……ふむう、厳しいがこいつあ効くなあ」

「あ、先生ご覧なさい。望遠鏡なしでも陸地がくっきりと見えてきました」

「君の軍参謀組織論だが、きちんと仕上がっているのだろうね。上陸していつ新井白石先生にお会いしても狼狽ないように」

「完璧です。論文については幾度も読み直しましたから」

「そうか……うん」

「心配は語学的に、新井白石先生に私の論文が理解して戴けるかどうかです」

「君、日本人の語学能力を甘く見ちゃあいかん。初代オランダ商館長ヤックス・スペックス Jacques Specx が日本に着任したのが一六〇九年九月二十日であることを忘れてはいけないぞ。既に八十年以上も経っているんだ」

「あ、そうでした……すみません」

ケンペル医師はにっこりとして、深深と頷いてみせた。

ドイツ軍参謀組織の大尉である若きアルフレッド・ケストナー Alfred Kästner も微笑みを返しはしたが、決して明るい表情ではなかった。矢張り心配なのであろうか。

参考として述べれば、旧帝国陸軍では『**高等統帥の職務**を補佐し殊に**国防**及び

用兵に関する職務に参画し又**軍隊練成**の職務を掌る者を**参謀とする**』としている。そして、日本の旧帝国陸軍は『**ドイツ伝統の参謀本部組織**』に倣っていた（旧帝国海軍はイギリス式、また現在の自衛隊は米国式）。

軍参謀的な初期の理論的形式は古代エジプト軍の戦い方のなかから、必然的に生まれてきたものである、と伝えられてきた。その後、**参謀長**を正式に設けて大遠征の戦いに打って出、空前の古代巨大帝国を築きあげたことで有名過ぎる**アレクサンドロス Alexandros 大王**（通称、アレキサンダー）や、さらには**参謀情報機能の強化**や巧みな戦術論法でガリア遠征の諸戦を撃破してきた『ガリア戦記』Commentarii de Bello Gallico（ラテン語）全八巻の高名な著者**カエサル Caesar**（古代ローマの政治家。Gaius Julius Caesar）らによって、参謀組織は次第に『形式的』から『確立的』へと発展してゆき、次第にドイツ軍への影響（浸透）を強めてゆくのである。

特筆すべきは『**三十年戦争時代**』（ドイツを中心に一六一八年〜一六四八年の間に生じた戦を指す）に、ドイツ軍切っての知将である最高司令官ヴァレンシュタイン **Wallenstein 将軍**（ボヘミアの貴族）に対し、**スウェーデン王グスタフ**（Gustav）**二世**が挑んだ壮烈な戦闘だろう。**ドイツ新教徒解放**を表向きの口実としてヴァレンシュタイン将軍を相手とした、勇将にして名将グスタフ王の戦いであったが、彼は破れ戦傷死した。**『北方の獅子』**とまで言われたグスタフ王の満身創痍（まんしんそうい）の死であった。

この激烈な戦いは、ドイツ軍に戦術戦法の改革を齎（もたら）し、参謀組織の飛躍的発展へと引き継がれていったのである。そして遂に、ドイツ軍の発展型参謀組織はたちまち当時のヨーロッパ全土と言う表現が許される程に、広まっていった。**この壮烈戦の一大特徴は、両軍の最高統帥官（とうすいかん）であるヴァレンシュタイン及びグスタフともに体力頑健にして知将であり勇将であり激しく最前線指揮官であったことだろう。**

ただ**『ドイツ伝統の参謀本部組織』**という絶対的評価が固まるには、近代的ドイツ軍の構築と用兵術の確立に情熱と知力と経験を打ち込んだ**戦略的軍人モルトケ Moltke**（一八〇〇年生～一八九一年没）の登場を待たねばならない。

かなり後（のち）のことになる。

それはともかくとして一六九〇年八月、今まさに日本の（江戸時代の）長崎に上陸せんとするアルフレッド・ケストナー大尉の心を捉えた参謀組織は、いや、彼が関心を抱いて研究に勤しんだ参謀組織は、前述の『三十年戦争時代（一六一八年～一六四八年）』に改善と発展を辿ってきた、つまり**発達過程型**の参謀組織（参謀論）である、という捉え方でいいだろう。要するに、高い評価の『**ドイツ伝統の参謀本部組織**』にはまだ至っていない、という見方だ。

ではケストナー大尉が会うことを切望し、**第五十八代**オランダ商館長バルタザール・スウェールス Balthasar Sweers がその実現に奔走した、**学者新井白石**はこのころ如何なる環境の、如何なる立場に、あったのであろうか？

ケストナー大尉が乗船するプリンセス・シャルロッタ号が快調に長崎へ近付きつつある一六九〇年より八年ほど前の一六八二年（天和二年）、それまで独学で自己の形成を著しく高めてきた新井白石二十五歳は、幕閣中枢にある大老堀田筑前守正俊に仕えるという幸運を摑んでいた。頭角を現わすには、願っても無い環境を得たのだ。

偶然とは恐ろしいもので実はこの時、つまり右に同じ一六八二年（天和二年）、秀れた教育者にして大儒学者の評価が高かった**木下順庵**は幕府に招かれて、将軍の侍講・幕府儒官の地位についていた。

木下順庵は、保科正之、浅見絅斎、佐藤直方、植田艮背、桑名松雲、三宅尚斎ら多くの俊才を育てあげた崎門学派の儒学者**山崎闇斎**や、太虚思想（太虚は宇宙生成の根元であるとする難解な考え方）を説きそれでいて現実的実践主義を否定しなかった陽明学者**熊沢蕃山**らと並び称される、この当時の**三大学者**のひとりである。しかもだ。これもまた偶然と驚くしかないが、後世の復古運動に大きな影響を与えたとされる**山崎闇斎**は、一六八二年（天和二年）に没していた。なんという一六八二年（天和二年）であることか。

それはともかくとして、右の**木下順庵**の門を新井白石が潜ったのは、一六八六年（貞享三年）。二十九歳のときだった。

白石はたちまち高弟に上ぼり詰め**木門の五先生**（新井白石、雨森芳洲、室鳩巣、祇園南海、榊原篁洲の五人）または**木門十哲**（五先生に加え南部南山、松浦霞沼、三宅観瀾、服部寛斎、向井滄洲）のひとりに数えられるようになる。

二十九

木下順庵の門を潜った（一六八六年・貞享三年）新井白石が、たちまちの内に、と称してよい程に高弟に上ぼり詰め『**木門の五先生**』あるいは『**木門十哲**』に数えられるようになったのは、新井白石の資質、つまり〝優秀さ〟にもよるが、彼にとってもう一点大きな〝味方〟があった。それは『**自由**』である。もう少し砕いて申せば『**自由に学ぶことのできる時間**』である。これが彼の天稟を伸ばした（と、考えたい）。

新井白石が時の権力者、大老堀田筑前守正俊に仕え、木下順庵が将軍の侍講・幕府儒官の地位に就き、そして三大学者のひとり、崎門学派の異才儒者・山崎闇斎が長逝した一六八二年（天和二年）。

実はこの年より僅か二年後の一六八四年（貞享一年・八月二十八日）、新井白石の主人であった大老堀田筑前守は江戸城中にて従叔父で若年寄の稲葉石見守正休（四十五歳）に私怨でもって殺害されていた。正休自身も傍にいた老中大久保忠朝ほか列輩の士による斬戟を浴びて死亡。家名は断絶した（列輩の士とは、そばにならび立っていた侍たち、の意）。

ここで背すじがほんの少し寒くなる点を一つ付け加えておく必要があろうか。新井白石の主人である大老堀田を殿中にて殺害した稲葉石見守の**若年寄昇進**は、なんと**一六八二年（天和二年）**であった。ただの偶然であったとしても、こうたびたび一六八二年（天和二年）が登場すると、妙にヒヤリとする。

さて新井白石だが、主人の大老堀田が殺害されたあと主家を去り、仕官を求めずに『自由』を選択した。かたちとしては浪人の道を選んだということである。つまり『自由に学ぶことのできる時間』を望んでたっぷりと得た、ということだ。実力を備えた人材であっても余り形に縛られ過ぎると才能を発揮しきれない者がいる。また反対に相手の潜在能力を見極めた上で自由裁量の幅を与えるとみるみる隠れた能力を発揮し始める者も少なくない。過ぎたる四角四面は感心しないと言うことか。

こうして、『自由に学ぶことのできる時間』を望んでたっぷりと得た新井白石は、『木門の五先生』『木門十哲』へと盛壮着実に上ぼり詰めていったのだ。

しかし、その白石の才能を、更なる**上昇気流**に乗せる機会を見逃さなかった木下順庵の師匠としての眼力は、さすがであった。

一六九三年十二月十六日。それはまさに新井白石の**『飛躍的記念日』**に値する日であったと言えよう。この日木下順庵は、甲斐国甲府藩二十五万石**徳川綱豊**（後の第六代将軍徳川家宣）の侍講に、白石を推挙したのだった。

遂に白石の飛び抜けた才能・手腕に炎の点く日が訪れたのである。

三十

第五十九代オランダ商館長に就く予定のヘンドリック・ファン・バイテンヘム Hendrick van Buijtenhem とエンゲルベルト・ケンペル医官およびアルフレッド・ケストナー大尉らを乗せたオランダ東インド会社の商船プリンセス・シャルロッタ号は、護衛の軍艦（一隻）を従え漸く長崎湾口に入り穏やかに進んだ。

医師ケンペルとケストナー大尉は、ぐんぐん迫ってくる緑濃い陸地を、固唾を呑んで見守った。二人にとっては憧れていた神秘の国、と言っていい日本なのだ。

もう望遠鏡を覗き込まなくとも、海岸で立ち働く人たちの姿が小さく見えていた。こちらを熟っと見つめている者も少なからずいたが、べつに取り乱す様子を見せる訳でもない。どうやら三檣のダッチ・ガレオンなどは見なれているような感じだった。小舟で岸から離れて釣り糸を垂れている者の中には、軽く手を振る者さえいる。

「どうも先生。刀を腰に帯びている**サムライ**は見当たりませんね」

「ケストナー大尉。日本に**サムライ**が溢れかえっている訳ではないんだぞ。軽はずみな事を言ってはいけないな」

「は、はあ……」

前方に、陸地の左右両岸が極端に狭まっているところが、見え出した。

「ケンペル先生ほら、なんだか前方の両岸が急に狭くなってきましたよ」

「うむ。海峡……とでも言うのかねえ」

そう呟いたケンペル医師が望遠鏡を顔へ運ぼうとしたとき、背後から、

「そうではないよ」

という声があって、二人は振り返った。

矢張り望遠鏡を手にした、銀髪が美しい長身の初老の男がゆったりとした足取りでケンペル医師とケストナー大尉に歩み寄った。笑顔が善良そうだ。

彼こそが、第五十九代オランダ商館長という責任ある地位に就く、ヘンドリック・ファン・バイテンヘムであった。

彼は言った。

「あれは海峡ではなく、神崎鼻口と称するあの狭い場所こそが長崎港への入口なのだよ。あれを入って陸地に挟まれた狭い水路を進むと、間もなくオランダ商館が建つ出島が右手前方に現われるのだ」

「おお、いよいよ出島ですか、ボス」

感動したように応じて、医師ケンペルは望遠鏡を顔へと持っていった。

「ケストナー大尉。我我を歓迎してくれているかのように波は穏やかだから、ちょっと舳先（船首）に立ってみようじゃないか。ついて来たまえ」

「はい、ボス……」

大きく頷いたケストナー大尉は、がっしりとした幅広い背中を見せて前に立つボスのあとに従った。ボスの銀色の髪が日を浴びて、キラキラと輝いている。

落ち着いてどこか自信あり気なボスの足取りを後ろから眺めながら、経験というのは大したものだな、と改めて感じる若きケストナー大尉だった。

間もなく第五十九代オランダ商館長に就くヘンドリック・ファン・バイテンヘムは、今回で合わせて『三期経験』となるが、初めの第五十三代商館長は一六八四年十月二十八日〜一六八五年十月十八日までの約一年間、二度目の第五十六代商館長も一六八七年十月二十五日〜一六八八年十月十三日までの粗一年間だった。

江戸期における外国の『商館』は、先の**平戸時代**と後の**長崎時代**に分かれる。

平戸は面積が一六三・四㎢におよぶ地塁状の（堤防状の高所を指して言う）風光明媚な島であって、**平戸港は稀に見る天然の良港**であったことから平城京時代（奈良時代）には遣唐使船が寄港したり、また一五五〇年六月（天文十九年）になってポルトガル船が初めて入港した。続いて時代と共にスペイン船、オランダ船、イギリス船と来港が増えてゆき、**平戸商館**が次次と建っていったのである。

平戸時代の交易は圧倒的にポルトガルの勢力が勝っていたことから、交易語（商業用語）もポルトガル語が幅を利かせた。必要不可欠な存在として生まれてくる日本人通詞（江戸時代の通訳官を指す）たちが苦学して身に付けるのも当然、貿易勢力極めて大であるポルトガル語という事になる。しかし平戸には諸外国の商館ができている訳だから、ポルトガル語だけの通詞でうまく交易が進むのか、という心配が生じてこよう。

実は、次に述べるような方法で、日本と外国との交易折衝は進められていたのだ。たとえば**平戸時代**のオランダ人たちは、日本との交易については（事実上、日本人のポルトガル語通詞相手の交渉となる）ポルトガル人の助けを借り、オランダ語とポルトガル語の混成語用で折衝していたのである。

オランダ人にしてもポルトガル人にしても、内心は面白くなかったであろう。が、日本人のポルトガル語通詞を相手とする訳だから仕方がない。ポルトガル人とオランダ人は長く**犬猿の仲**である。ポルトガルはオランダよりも遥かに早く力強く覇権的に外海へと乗り出し、支配的影響力を広げてきた。平戸においてもポルトガルは、オランダの〝大先輩〟なのだ。

そのポルトガルの強力な艦隊を、一六〇二年（慶長七年）オランダ艦隊はバンタム Bantam 沖で交戦し、撃破していた。バンタムとは、インドネシア西部のバンテン湾に臨む町**バンテン Banten** を指している。

　バンテンには一五四五年に先(ま)ずポルトガル人が入り、のちオランダ人が入って一六八三年に遂にオランダの支配が確定した。医師ケンペルやケストナー大尉が、三檣のダッチ・ガレオンで長崎・出島へ初めて上陸する僅か七年前のことだ。世界は激動していたのだ。

　舳先(へさき)に立ってヘンドリック・ファン・バイテンヘムは、笑顔でケストナー大尉に言った。

「そろそろ出島が見えるかも知れないから、私の望遠鏡の方角に合わせて君も覗いてみたまえ」

「ええっ、覗いてみます。いよいよ**サムライ**に会えますね。上陸が楽しみです」

「ははは。上陸したならば、冗談にしろ不用意に腰のSäbel(ゼーベル)（剣(つるぎ)）の柄(つか)に手を触れるんじゃないぞ。一瞬の内に**サムライ**の刀が首すじへ飛んでくるからな」

「お、脅(おど)さないで下さいよ、ボス」

「いや、ケストナー君……」

　と、首を小さく横に振ったヘンドリック・ファン・バイテンヘムの表情から、それまでの柔和な笑みが、すうっと消えていった。

「日本の**サムライ**の中には、それこそ神業的な剣の遣い手が、幾人も幾十人もいるのだ。剣客と呼ばれているそれらの**サムライ**の中には人格すぐれたる教養豊かな者もいるが、そうでない者もいる。その点を確りと心得ておきなさい」

「ご忠告ありがとうございます、ボス。はい、心得ておきます」

「うん」

頷いてヘンドリック・ファン・バイテンヘムは、望遠鏡を覗き込んだ。

ケストナー大尉もボスと肩を並べて、望遠鏡を顔へ近付けていった。

舳先が少し沈んで、そして持ち上がる。

キキイッという帆柱の軋みが、二人の背後で鳴った。

「あ……ボス。あれは……」

「見えたかね。ケストナー君」

「はい。小さくですが、よく見えています。腰に刀を帯びた**サムライ**らしい姿が何人か……」

「そう、彼らこそが**サムライ**なのだ。長崎奉行所の役人で、オランダ商館が建っている**出島**を監理しているのだよ。表面上は穏やかだが、幕府の厳命を受けて任務に就いているだけあって、本性は決して優しくはない。笑顔の裏には、もう一つの顔が潜んでいる、と思うくらいの方が無難だね」

「は、はあ……」

「が、まあ、余り心配することもない。馴れるにしたがって何事もうまく回転するようになるさ。Christão問題に触れないよう用心すればね」

「それについては油断しません。**密告した者には層倍の報奨金を支給する**、という政府（徳川幕府）の密告制度が敷かれているようですから」

「君は日本の学者・新井白石に間もなく会えることになる。だから一つだけ重要なことを打ち明けておこう。これはケンペル医師にも話していないことでね」

そこで漸くヘンドリック・ファン・バイテンヘムは望遠鏡を下ろし、ケストナー大尉もそれを見習ってボスと目を合わせた。

大尉は思わず生唾を飲み込んだ。ボスの目つきが余りにも険しかったから。

ボスが低い声で言った。

「ケストナー大尉。君は面会することになる新井白石先生のご都合や動き次第では、好むと好まざるとにかかわらず私から離れて行動することになるかも知れない」

「はい。それは確かに……」

「だから話しておきたいのだよ。日本というこの国ではねケストナー君。何処の誰が禁制Christão(キリシタン)の**信者**なのか、あるいは**信者の協力者**なのか、我我にとっては全く判(わか)らないのだ」

「えっ……」

「要するに何処の誰が**洗礼**を受けているのか、我我には見当もつかないのだよ。この点が非常に怖い。ひょっとすると、長崎奉行所の役人がChristão(キリシタン)の洗礼を受けているかも知れない。いや、それどころか政府（徳川幕府）の上級幕僚と言われている長崎奉行が信者かも知れないのだ」

「そ、そんな……ボス」

「冗談で言っている訳でも、脅しで言っている訳でもない。とにかく油断してはいけないのだ。凄惨(せいさん)な例を一つ打ち明けておこうか。気持を鎮(しず)めて聞いてくれたまえ。**事前の学習**によってケストナー君も既に理解していることとは思うのだが、この国における**外国の商館**と言うのは先に開かれた**平戸時代**と、後(のち)に開かれた**長**

崎・出島時代とに分けられるのだ」

「ええ、ボス。承知しております。但し、幕府の（徳川家光の）徹底的な**鎖国政策**と厳格なChristão**禁圧**などにより、一六三九年（寛永十六年）旧教国（スペイン、ポルトガルなど）は事実上、平戸から追放され、またイギリス商館は交易不振により商館を閉鎖して退去。賑わっていた**平戸時代**はこれにより終焉した、と教わりましたが……」

「その通りだ、お見事。そのあと平戸のオランダ商館は、幕府の命令に従って一六四一年（寛永十八年）までに商館実務の全てを**長崎の出島へと移し**、遂に**オランダ時代**が訪れたのだよ。中国を別にして、**対日貿易独占のヨーロッパの国オランダ**と誇りに思ってもよい時代がね」

「で、ボスが先ほど仰っていた凄惨な例、といいますのは？」

「うむ。それなんだがね。一六四四年（正保元年）十一月二十四日から一六四五年（正保二年）十一月二十九日までの約一年間、長崎・出島で第十三代オランダ商館長に就いていたピーテル・アントニスゾーン・オーフェルトワーテルPieter Anthonijsz. Overtwaterがある日のこと（一六四五年〈正保二年〉四月六日のこと）、顔馴染みの通詞秀島藤左衛門（実在）の姿を最近まったく見かけないことに気付いたのだ」

「秀島藤左衛門殿……というのですか」

「うむ。平戸時代から有能な通詞として知られていたらしく、ポルトガル語やオランダ語をかなり流暢に話していたらしい」

「ほう、それは凄いですね。で？……」

「秀島藤左衛門の消息はその日の内に判明し、第十三代オランダ商館長は大衝撃を受けることになったのだ」

「大衝撃……」

「有能な通詞秀島藤左衛門はChristão（キリシタン）として処刑されていたのだよ」

「な、なんと……」

ケストナー大尉は、思わず表情を引き攣らせた。

ボスは言葉を続けた。落ち着いた静かな口調であった。

「処刑のかたちは切腹であったらしい。秀島藤左衛門だけが処罰されたのではなく、当人の兄弟も姉妹も母親も命を閉ざした一家潰滅の凄惨な状況であったという……」

「ボス……今の話……事実なんですよね」

「事実だ……今より四十五年前にあった厳然たる歴史的事実だよ」

ケストナー大尉は、がっくりと肩を落とした。**サムライ**に憧（あこが）れ、近付いてきた長崎上陸に目を輝かせていた若きドイツ軍人であった。

三檣のダッチ・ガレオンはいつの間にか停船しており、日本の臨検（りんけん）を受ける準備で甲板上では大勢の水夫たちが声高に動き回っていた。ボスは明らかに消沈（しょうちん）しているケストナー大尉の肩を軽く叩くと、黙って離れていった。

帆を下（お）ろす騒がしい音と人の動きが、耳に重苦しく感じるケストナー大尉であった。

サムライの**切腹**については、ケストナー大尉は知識としては知っていた。いや、軍人として知っていた、ということだ。

が、日本人通詞というのは**サムライ**の身分では決してなく、長崎**町民**として長崎奉行所に**奉仕勤務**する町役人である、と事前学習で学んできた彼だった。

その**町民役人**（ちょうみんやくにん）である筈の通詞秀島藤左衛門が、**サムライ**の如（ごと）く切腹させられたと言うことに、ケストナー大尉は衝撃を受けたのだった。

彼は力なく舳先(へさき)に立った姿勢で、港を離れてこちらに向かってくる**長崎奉行が派遣した臨検船**（検使船とも言う）をぼんやりと眺めた。臨検船には**検使役人**および**日本人通詞**が乗っている。この場合、日本人通詞のことを**沖出役通詞**とも称した。臨検のため港を離れて沖に出るからであろう。

オランダ商館長が**三度目**となるヘンドリック・ファン・バイテンヘムが乗船する商船プリンセス・シャルロッタ号は、長崎港の入口にあたる**神崎鼻口**よりかなり奥まで進んでから錨(いかり)を下ろしたのであるが、これは特例(とくれい)であった。ヘンドリック・ファン・バイテンヘムの信頼に対する特例なのである。その特例の証とするために彼は白地にブルーの文字で大きく［HvB］と染(そ)め抜(ぬ)いた姓名をあらわす旗を船首と船尾に翩翻(へんぽん)と翻(ひるがえ)していた。本来ならば、長崎へ来航した外国商船は、神崎鼻口の手前に浮かぶ高鉾島界隈(たかほこじまかいわい)（小瀬戸(こせと)沖合）で停船し、長崎奉行が派遣する検使船の臨検を受けるのが原則であった。

ケストナー大尉は、望遠鏡を下ろし怪訝(けげん)な顔でこちらを見ているケンペル医師の方へ、力ない足取りで近付いていった。

「どうしたのだねケストナー君。晴れていた空からいきなり土砂降り（どしゃぶ）りの雨が降ってきたような、暗い表情じゃないか。ボスから何か厳しいことでも言われたのかね」

「そうではありません。日本に対する知識の一つとして、ある事を聞かされたのです」

「ある事と言うと？」

「**平戸商館時代**が終焉（しゅうえん）して新たに開かれた**長崎・出島の商館の地**へと移ってきた、非常に秀（すぐ）れたある日本人通詞が、Christão（キリシタン）信徒であることが発覚して処刑された話です」

「そうか……君も聞かされたか」

「では、ケンペル先生も？」

「うん、私も聞かされた。だが、これは日本の国内問題であることを、私も君も忘れてはならないと思うね。お互いに自分の任務なり目標なりを、落ち着いた冷静な視線で確（しっか）りとやり遂げることだよ。この国の規律とか軌範（きはん）に触れぬように用心しながらだ。違うかねケストナー君」

「そうですね、ええ……仰る通りです」

「現在の**長崎商館時代**は、館長の在日期限が政令で（幕命で）きちんと定められている。しかし**平戸商館時代**の館長の在日期限は、明確には定められていなかった」

「えっ、そうだったのですか、知りませんでした」

「私も日本へ出発直前にボスから教えられるまでは、むろん知らなかったさ。なにしろ**平戸時代**が終って**長崎時代**となり既に五十年近くも過ぎているのだからね」

「すると、平戸商館長の在日期間が随分と長期に亘った者もいたのではありませんか。スペインにしろポルトガルにしろオランダにしろ……」

「ボスが強調しておられたのは、その点なんだ。しかも**平戸時代の日本人通詞**には商館に雇用され、商館から俸給を受けている者が少なくなかった。長崎奉行所に雇われて**町役人通詞**の身分となったのは、商館が平戸から長崎・出島へ移って以降のことだからね」

「**平戸時代**の通詞の全てが、**長崎時代**となって再び通詞になれたのでしょうか？」

「いや、かなりの人員整理があったらしい、とボスは仰っていたがね……」

「在日期限が定められていなかった**平戸時代**に、長く商館長や商館員を勤めてきた者の中には……とくにポルトガルやイスパニア（スペイン）の商館員の中には、特定の目的でもって日本人通詞に接近し過ぎる者も出てきたでしょうに」

江戸幕府（徳川家光）の苛烈な鎖国政策で日本来航の門を厳しく閉ざされた旧教国・イスパニア（スペイン）とポルトガルの名が、ケストナー大尉の口から妙に力なく漏れた。

「特定の目的とは、Christão（キリシタン）布教のことに触れようとしているのではないだろうねケストナー大尉。われわれ外国人の不用意な言葉が、禁教の定めに触れて処罰された有能な通詞秀島藤左衛門殿とその家族の御霊（みたま）を、傷つけることになるかも知れないのだ。やさしい気持で、そっとしておこうではないか……な、大尉」

「は、はあ……」

「見たまえケストナー大尉。長崎奉行所の臨検の船がいよいよ近付いて来たぞ。君が憧れる、刀を腰に帯びた険しい顔つきの**サムライ**が一人……二人……三人……」

ケストナー大尉は黙ってケンペル医師の傍（そば）を離れると、甲板下へと降りる階段の方へと歩いていった。その足取りに何処か不満そうな様子を感じて、ケンペル医師は首を傾（かし）げた。既に甲板上には、三度目の商館長に就くヘンドリック・ファン・バイテンヘムや新たな商館員そして水夫たちが居並んで、次第に近付いてくる臨検船に対し敬意を表する準備を整えていた。

ところがケストナー大尉は、甲板の下に向かって階段を降り出していた。

彼はケンペル医師に対し、Christão（キリシタン）の布教を話題とする積もりなど無かったのである。

ドイツ軍の秀（すぐ）れたる将校である彼は、苛烈なる鎖国・禁教主義に徹している日本政府の（幕府の）最高将軍（征夷大将軍・徳川家光）の人間性に俄然、新たなる関心を抱き始めたのだ。

ケンペル医師とは、同じドイツ人として、その最高将軍の人間性の話をしたかったのである。

が、今日という日はそれを甲板上で話し合う日ではなかった。

長崎奉行所の臨検船が目の前に迫っているのである。刀を二本腰に帯びたサム

ライたちが乗船している。

大尉はカピタン室に入っていった。大尉とケンペル医師は隔日の正午以降ならばカピタンの許しなく自由に部屋に入って心身を休めてもいいことになっていた。三檣（さんしょう）のダッチ・ガレオンは決して今日（こんにち）で言うところの巨船ではなかったが、それでも甲板下のカピタン室はそれなりの広さに恵まれ、しかも透明な厚いガラスの嵌（は）まった丸窓が五つ並んでいた。この時代（一六九〇年）に透明なガラス窓？……嘘（うそ）だろう……と疑うことなかれ。

この世に初めて透明なガラスが登場するのは、**紀元前**（きげんぜん）七世紀頃にチグリス川上流で栄えた**アッシリア王朝**の時代である。チグリス川とはトルコ・イラクの山峡に源を発し、ペルシャ湾に注ぐ全長約一九〇〇キロメートルの大河で、アッシリア王朝は古代オリエント**最初の世界帝国**であるから、透明ガラス出現の歴史的古さには驚くほかない（**紀元**とは、世界史的に年を数えるときの**基準**。**紀元前**は**紀元元年**よりも**以前の時代**を指し、普通は **B.C.**〈before Christ〉で表される）。

その後、透明ガラスは欧州において技術的にも次第に発展を続け、そして遂に十七世紀に入ったイギリスにおいて、より透明度にすぐれる鉛クリスタル・ガラスがレーベンズクロフト（George Ravenscroft）によって開発され、一気に欧州に広まっていくのだった。

ドイツ軍参謀組織の将校であるケストナー大尉は、床に固定された窓際の小さなテーブルと向き合って腰を下ろした。

テーブルの上には、紅茶が少し残っているKänn-chen（小さなポット。ドイツ語）がのっており、大尉とケンペル医師が先ほど用いたTasse（カップ。ドイツ語）は小皿に伏せたままになっていた。

彼はKänn-chenに残っていた紅茶をすべて自分のTasseに注ぐと、窓の外を熟っと眺めた。

窓の外は右舷側（船首に向かって右側）の第二甲板となっていた。最も広いメインの第一甲板はつい先程まで大尉とケンペル医師が話し合っていた甲板だ。第二甲板である右舷甲板は**下船用の甲板**と称して、第一甲板よりも急階段で十二段低くなっている。

丸窓の外は、いよいよ騒がしくなり出していた。入港手続きとして欠かせない臨検は、先ず積荷目録、乗船員名簿、手紙や交易書類などを検使役人が（オランダ語通詞と一体となって）受け取ることから始まる。

なかでも重要視されるのが**オランダ風説書**と称する**情報資料**であった。これはオランダ船が長崎へ着く迄の途中で寄港した諸外国の様子を記録したものだ。

この**オランダ風説書**は苛烈な鎖国・禁教政策に徹する日本政府（徳川家光政権）にとって、欠くべからざる交易資料であると同時に、重要な軍事情報でもあった。とくに来航禁止を突きつけたポルトガルやイスパニア（スペイン）の艦隊が報復してくるかも知れないことに注意を払う必要がある。

その点を幕府の上級幕臣としてよく理解している長崎奉行（一六九〇年・元禄三年当時は、第三十一代奉行・**対馬守山岡十兵衛景助**二千石）は、オランダ商船より受け取った風説書をその日の内にオランダ語通詞に和解させ（翻訳させ）て清書を済ませると、翌日には江戸幕府の老中会議宛に急送していた。

乗船員名簿の和解には、さしもの有能なオランダ語通詞も相当に苦戦したようである。人名の一例をあげれば、**カラーヘンハアゲは↓かるれすひふへるとてね**と和解され記録されている。

ケストナー大尉は紅茶をひとくち飲むと「うまい……」と呟き、船室の天井を仰いだ。

　真剣な眼差（まなざし）になっていた。

「なんとかして日本政府の（幕府の）**大将軍**（徳川家光）に会えぬものだろうか……」

と、大尉はまた呟いた。それはドイツ軍参謀組織の秀（すぐ）れた将校としての、幕府**大将軍**に対する関心に他ならなかった。苛烈な鎖国・禁教政策に徹する**大将軍**に、コツンと感じるものを覚え始めたのだ。軍人としての、コツンである。

「もしや現在（いま）の大将軍（徳川家光）は、希（まれ）にみる**堅牢無比な国家観**、**鋭い国防意識**の持主ではないだろうか……それがゆえに苛烈な鎖国・禁教政策に徹しているとしたら、ドイツ軍人としては大いに頷ける」

　今度は呟きではなく、はっきりとした言葉であらわしたケストナー大尉であった。彼は秀（すぐ）れた**軍人として**、信教的洗脳の恐ろしさを冷静に理解できている人物であった。欧州は各所で宗教的激戦の歴史を積み重ねてきた。イスパニア（スペイン）王制国家による絶対主義的支配に反抗することで生じた**八十年戦争**（一五六八年～一六四八年。オランダ独立戦争ともいう）。さらにフランスで起こったプロテスタント派とカトリック派の激しい武力衝突（しょうとつ）（一五六二年～一五九八年。日本ではユグノー戦争と称している)。そして既に前述してきたように、ドイツを中心として生じた凄烈な**三十年戦争**。

これらは皆、宗教的武力衝突と称することが許される、凄まじい闘いだった。

ケストナー大尉はドイツ軍参謀組織に詰める軍人として、宗教的洗脳により強固な結束力を有する組織が**反ドイツ思想**を隠し持ってジワジワとドイツ政界に浸潤を始めたなら、ドイツ国家の骨格はたちまち瓦解するだろうと恐れている。

『本当の素顔』『本当の思想』を胸深くに**隠し持って**、ジリジリと笑顔で、また様様な表情で躙り寄ってくる反ドイツ的集団(組織)こそ、ドイツ国家にとっては恐怖である、と大尉は強く認識していた。**国家観**や**国防意識**に疎い者あるいは皆無な者がドイツ政権内部の**ひと隅**に屯している現実を知っているからこその、ケストナー大尉の憂慮であった。その**ひと隅**を『宗教的洗脳により強固な結束力を有する組織』が狙うことを大尉は何よりも警戒していた。

では、苛烈な政策に走る征夷大将軍徳川家光はどうなのか？　ケストナー大尉が呟いたように、『希にみる**堅牢無比な国家観**、**鋭い国防意識**の持主』であったのかどうか。

家光政権には、忠誠な四本の支柱と、一本の強力な後ろ盾が備わっていた。
四本の支柱とは、老中**松平信綱**、老中**堀田正盛**、老中**阿部忠秋**、そして箱根の関所の防備に決して油断しなかった小田原城主**稲葉正勝**の四人であった。彼ら四人は幼少年の頃より、幼い竹千代（のちの家光）のお付小姓としてそれこそ兄弟のように交流し学び合ってきた。この四人が全力で家光政権を支えてきたのだ。諸政策の企画、発信、運用は彼ら〝義兄弟〟に負うところが多かったと確信的に推量できる。むろん家光が加わった上でだが。
そしてもうひとつの、**一本の強力な後ろ盾**、これが家光にとっても四支柱にとっても、絶対的な存在であったと言えよう。
大奥総取締**春日局**の存在だ。家光にとっては乳母であり『母』でもあった**春日局**を、家光は祖父である徳川家康と同列に並べる程に敬った。有職者としての**春日局**の教育・教養にわたる優しく厳しい躾は、ひとり家光（竹千代）に対してだけでなく、家光の〝義兄弟〟であった四支柱に対しても大きな影響を与えてきた。つまり四支柱にとって徳川家光は、単なる上様、では決してなかったと言うことである。**春日局**を中に置いて……。

ときの**老中・若年寄**と雖も**春日局**の面前では、軽く頭を下げて敬いを表わしたと伝えられているその理由が、右に述べたところにあった。

「おい、ケストナー君。こんな所で何をしているんだ」

不意に部屋のドアが開いて大きな声がした。

「は、はいっ」

大尉は視線を窓の外から部屋の入口に転じるや、軍人らしい素早さで立ち上がった。

大声を掛けてきたのは、ボスであり三度目の商館長に就く、ヘンドリック・ファン・バイテンへムだった。

「今頃、船酔いでも出てきたのかね大尉」

「いえ、そうではありません。少し休ませて戴いておりました」

「さあ、ついて来たまえ。長崎奉行所の検使役人殿に紹介しておこう。君が是非にも会いたいと望んでいた**サムライ**だ」

「有り難うございます」

「検使役人殿も同僚の**サムライ**たちも、腰に二本の刀を帯びておるぞ。表情も険しい。君はどうするのかね」

ボスは自分の腰を、ポンポンと掌で叩いてみせた。

「もちろん……置いてゆきます」

なんとケストナー大尉は殆ど迷うことなくそう応じると、腰から下げていたSäbel（剣）をはずして座っていた椅子に立てかけた。

「うん、それでいい。さ、行こう」

「はい」

ケストナー大尉は下腹に力を込めて答えた。まだ見ぬ秀れた日本の学者**新井白石**の顔が、次次と脳裏に浮かんでは消えた。にこやかで優しい顔、白口髭の顔、豊かな顎髭の顔など色色と……実は新井白石の年齢情報はこの時まだ、大尉の耳へは届いていなかった。

ボスが歩く速さを緩めて、声低くだが厳しい口調で言った。

「いいかねケストナー大尉。**サムライ**の前ではもちろん、長崎へ上陸してからも絶対に……本当に絶対にChristão（ポルトガル語）に関することは口にしてはいけない。いいかね」

「心得ております。確り（しっか）とお約束しますよボス」

「うむ、よろしい」

第五十九代オランダ商館長に就く（予定の）ヘンドリック・ファン・バイテンへムの口許（くちもと）に漸く微（かす）かな笑みが浮かんだ。ホッとしたのであろう。なにしろケストナーはドイツ軍参謀将校なのだ。

が、このときのケストナー大尉は、胸の奥深くでチラリと思っていたことがあった。

（ボスもケンペル先生もこれほどChristão（キリシタン）について神経質なほど心配するのは、この私がまだ知らない重大な何事かを日本政府〈徳川幕府〉は経験させられたに相違ない。余程に手痛い重大な何事かを……）

と。そして、ドイツ軍参謀将校であるケストナー大尉のこの鋭い想像は……実はズバリ当たっていたのである。

肥前国（ひぜんのくに）の島原（しまばら）藩と唐津（からつ）藩の**飛地**である**天草**（あまくさ）で勃発（ぼっぱつ）したChristão（キリシタン）信徒**天草四郎**（洗礼名**ジェロニモ**、本名**益田時貞**）を総領（そうりょう）とした凡（およ）そ三万名（老若男女合わせて）からなる反権力一揆『**島原の乱**』（寛永十四年・一六三七～寛永十五年・一六三八）がそれであった。強調しておくが、凡そ三万名である。

大衝撃を受けた幕府は『**キリシタンは外国と通謀して日本国を奪う者**』（文献）と思い定めて、現地の藩主松倉勝家および幕府側で、**掃討軍十数万**を投じたが、キリシタン信仰で結束する天草四郎側の反撃は**熾烈を極め**、現地の藩城代**三宅藤兵衛**が戦死、続いて幕府側の**板倉重昌**（三河国深溝城主）も天草四郎の陣へ斬り込んで戦死した。

ようやく掃討を終え天草四郎以下の全員を『死』とした幕府軍であったが、自軍の損害を知って震えあがった。**戦死者八千名**以上（文献）、**負傷者一万名**以上（文献）という惨憺たる有様であったのだ。しかも実は、この掃討戦で幕府軍は、オランダ商館長に頼みオランダ艦船の砲で海側から砲撃を加えてもらう、という支援を受けてもいたのだ（文献）。

異教徒おそろしや、と受け取った幕府の禁教令や鎖国政策が一段と苛烈の度を深めていく原因が、以上に述べたことにあったのだ（但し**現在の学説**では、『島原の乱』をキリシタン一揆と称するよりも、藩主による**重税**や**重い課役**（奉仕労働）を不満として爆発した**農民暴動**（農民一揆）あるいは反権力闘争とする捉え方が有力。しかし政府軍（幕府軍）に大損害を与えた**強烈な団結力**のエネルギーは、矢張り**キリシタン信仰による超常的な程の結束力**、という見方で正しいのかも知れない）。

三十一

彼方に小さな光が見えていた。強い光だった。それが次第次第に近付いてくる。光は丸く大きな輝きと化して、眩しさで目を開けておれない程だった。苛立ちが、こみ上げてきた。腹立たしさも、こみ上げてきた。いい加減にしねえか、と怒鳴った瞬間、頭のひと隅でパチッという小さな音がした感じがあって、目を見開いた。

桜伊銀次郎は「うむ……」と短く呻いてから、視野に入ってきた人物の顔を捉えて、「こ、これは……」と体を起こそうとした。

「いいから横になっていなされ。それにしても、よく眠っておられましたな」

穏やかで丁寧な言葉を、目を細めてにこやかに口にしたのは、幕府最高執政官の立場にある、従五位下筑後守**新井白石**であった。

「それ程によく眠っていたのでしょうか」

「私がこの医師溜（詰所）に通うようになって、今日で四日目です。漸くにお目に掛かれたという感じですな。ははは っ」

「なんと四日も、いや、まる三日も眠り続けておりましたか……なれど……はて？」

「いやいや、時分時にはちゃんと目を覚まされ、確りと食事を済ませたあとは、濃い塩水で口中を清めるや、直ぐにまた寝息を立てられるという具合であったらしく……」

そう言う次第であるならば自分でも覚えている、と銀次郎は漸く頷いてみせた。

「まことに申し訳ありませぬ。食事を終えると決まって強い眠りに襲われてしまい……」

「謝まるべきは幕政側じゃ。休む間もなく銀次郎殿に苛酷な任務を与え過ぎたと幕僚の誰もが反省してござる。とくに月光院様が『向こう半年の間は銀次郎に役目を与えてはならぬ』と厳しい態度で申されてな」

「え……月光院様が、でございますか」

「左様。果ては、『銀次郎を暫くの間、大奥詰めにして体を休息させよ』、などと主張なされたりしてのう」

「それは人事の私物化でありましょう。いくら何でも承服いたしかねます」

「安心なされよ。御側用人侍従**間部越前守詮房**（高崎城主五万石）様が月光院様のご主張に顔色を変え大慌てなされてな。強い姿勢で月光院様をお諫めなされ、この件は何とか落ち着き申した」

　言い終えて新井白石は、くくっと小さな含み笑いを漏らした。間部詮房の慌てようが、余程おかしかったのか？

　銀次郎も思わず苦笑いをし、ひと呼吸置いてから訊ねた。

「この私に何ぞ用があって御出下されたのではありませぬか。実は上様より、新井様発の**ほんまるさんぼう**に関する小冊子を頂戴いたしておりますが、医師や茶坊主などの出入りが案外に頻繁であるため、じっくりと目を通す時間を未だ持つことが出来ませず……」

「いや、なに、その用ではない。それに疲労が原因の睡魔に襲われる間は、のんびりとなされた方が宜しい。私は月光院様のお叱りを受けたくないゆえのう」

　そう言って、ニヤリとした白石だった。

「では、他に用と申されますと?」

「うむ。実は銀次郎殿に付き合うて貰いたい所がありましてな」

「付き合う?……何処ぞへ一緒に足を運んでほしい、と仰るのですか」

「その何処ぞを、いま打ち明けてしまいましょう。小石川の切支丹屋敷ですよ銀次郎殿」

「あ……」

「駄目ですかな。切支丹屋敷へ同行するなどと言うのは……この件については、銀次郎殿の体調が戻れば、という条件付きで既に老中会議の決裁を戴いてござるのだが……」

「そうではありませぬ、小石川の切支丹屋敷と聞いた途端ハッと思い出した事があったのです。私のような気性の激しい者でも一応旗本青年塾の高等課程では、冷静に学ぶ姿勢が必須とされている『国防論』をいい成績で了えておりますからね。確か何年か前のこと、大隅国屋久島へ侍に変装し腰に二刀を帯びたキリシタン宣教師が上陸して捕まりましたでしょ」

「そう。それです……」

「捕まった宣教師の名は……うーんと……すみません思い出せないですな」

「**シドッチ**……Giovanni Battista Sidotti（ジョバンニ・バチスタ・シドッチ）でございますよ」

「驚きましたね、実に滑（なめ）らかな調子で仰います」

「それもその筈（はず）。捕（と）らわれの身となったシドッチを、小石川切支丹屋敷内の吟味所で幾度となく尋問（じんもん）してきたのは、この私なのだから」

「なんと……」

銀次郎は思わず寝床の上に、むっくりと上体を起こしていた。それ程の驚きだった。

白石は穏やかに言葉を続けた。

「シドッチを取り調べた結果判ったことを先ず簡単に銀次郎殿に打ち明けておきましょうか。イタリア・シチリア島の生まれだと言うシドッチは、日本がキリシタン禁教の国と知っておりながら布教目的でだね、宝永五年（一七〇八）八月二十九日の明け方、イスパニア（スペイン）船『サンティシマ・トリニダード号』で大隅国（おおすみのくに）屋久島（やくしま）の唐ノ浦に、不埒（ふらち）にも滑稽（こっけい）にも、侍に変装した姿で密入国しよったのじゃ」

「うむ……」

「しかし島民の通報あって程無く捕縛されてな、長崎奉行所へ送られたのですよ。長崎では日本人の阿蘭陀通詞が商館のオランダ人の協力を得て取り調べに当たり、その結果、宝永六年（一七〇九）九月二十五日、長崎から江戸へと護送されましたのじゃ」

「そして、シドッチはそのまま小石川の切支丹屋敷へ？」

「左様。で、この私に対し当時の**上様**（第六代将軍徳川家宣）より〝シドッチを尋問せよ〟との強い指示があったのが宝永六年の十一月に入ってからじゃった」

「上様から直直の御指示だったのですか」

「その通り。私に面と向かってのう。厳しい御表情の上様であられた。私は十一月二十二日より十二月四日までの間に**四回**に亘ってシドッチを尋問しましたのじゃよ。彼の長崎から江戸への護送に付き従ってきた阿蘭陀大通詞である**今村源右衛門英生**（寛文十一年・一六七一生～元文一年・一七三六没）殿の通訳の力を借りてのう」

「いま大通詞と申されましたか」

「うん。通詞にも経験や能力などによって色色と**職階**がありまするのじゃ。ま、これについては別の時間を見つけてゆっくりとお話しさせて戴くとしましてじゃ銀次郎殿」

「はい。大事なのは、私に切支丹屋敷へ付き合え、の目的でございますな」

「実はのう銀次郎殿。先ほどシドッチの尋問は合わせて四回と申したが、老中会議の了承を得た上で、私はその後もたびたび尋問を続けて来ておりまするのじゃ」

「なるほど。新井様のことゆえ、キリシタン情報をスキ無くきちんと仕上げようとなさっての事でありましょう」

「もちろん、それもござる。ですがのう銀次郎殿……」

そこで言葉を切った白石の顔が、ふっと曇った。

「どうなされました？」

「先の**四回**をこえての追加の尋問は、殆ど私が苦労しながら単独でやった尋問じゃった。少しでもラテン語を身に付けたいという強い野心があったのでのう。秀れた大通詞今村英生殿から圧倒的な刺激を受けたゆえじゃろう」

「学ぶこと研究することと創造することをいつも大切にしていらっしゃる新井様ら

しいご熱心さ、ご努力のかたちであると私は思いまするが……」

「いや、此度(こたび)はいささか心配な事が生じてしまいましてなあ銀次郎殿……どうもその……シドッチに言葉巧みに洗脳されてしまったのではないかと」

「なんですと……」

それまで柔和な表情であった銀次郎の面(おもて)に、稲妻のような険(けん)が走り双(ふた)つの眼(め)が光った。

それはそうであろう。よりによって新井白石の口から、**洗脳**、という言葉がこぼれ出たのだ。これまで命を張って修羅(しゅら)の道を激しく突き進んできた荒ぶる剣客銀次郎にとって、**洗脳**、が如何(いか)に恐ろしい妖怪であるかは身をもって経験していた。

銀次郎の凄まじい眼光に、白石の顔からたちまち血の気が失(う)せていった。

三十二

「これこれ違うのじゃ、違うのじゃ銀次郎殿。私ではない私ではない」

銀次郎の射るが如き眼光に、新井白石ほどの大身が小慌てに陥った。実は銀次郎の凄みある眼光に触れるのは、これが初めての白石だった。なるほどこれが荒ぶる獅子の戦眼というものか、と思わず身震いを覚えながら白石は言葉を続けた。

銀次郎は寝床の上に半ば起こしていた体を改め、背すじを伸ばして胡座を組んだ。

「銀次郎殿。上様の御傍近くに就いているこの新井白石が、キリシタン宣教師ごときの言葉に惑わされる筈がないではないか。もし徳川幕府の政治に携わる幕僚たちの中に、禁教の誘い言葉に惑わされている者が存在しているとしたなら、幕僚の資格無き幼稚者として即刻、法に照らして処断しなければならぬ」

「では、私に小石川の切支丹屋敷へ付き合え、の目的は何でございましょうか。詳しくお聞かせ下さいませぬか」

そう返した銀次郎の双眸は、まだ険を放っていた。新井白石ほどの人物と向き合っているとはいえ、油断していない。話が禁教に及んできたのだ。

新井白石はきつい光を放って止まない銀次郎の目を、真っ直ぐに見返した。喉の渇きを覚え始めている白石であったが、しかし彼は銀次郎の荒荒しさが好きであった。その荒荒しさに一点の濁りも無いと、読めているからである。だからこそ幼君（上様）を引きつけ、剰えあの美しく妖しい月光院様までが気持を、お乱しになるのであろうと。

「その切支丹屋敷だがのう銀次郎殿。禁教の布教目的で密入国し囚われの身となっているイタリア人宣教師シドッチの獄中での面倒をな……」

　そこで言葉を切った白石は、コホンと軽く咳込んだあと、穏やかに話を続けた。銀次郎の双眸は漸く、和らぎ出していた。

「……獄中でのシドッチの面倒を見る下働き（獄卒）に、**長助・はる**という夫婦（実在）がいてのう。この夫婦が、シドッチ尋問で切支丹屋敷を訪ねた私の前に突然自首してきたのじゃ」

「自首？……」

「シドッチのやさし気な話し振りと人柄にひかれて、キリシタンの洗礼を受けたというのじゃ」

「………」

　銀次郎は視線を落とし、口を真一文字に閉じてひと言も発しなかった。自首、と聞いた途端、そこへ繋がっていくのでは、という直観が働いていた。

白石の言葉が続いた。

「長助・はる夫婦はのう銀次郎殿。洗礼を受けてしまった、と神妙に名乗り出てはきたが、お許し下さい、とは一言も口にしないのじゃよ。切支丹屋敷の獄卒である長助・はる夫婦は禁教に触れたなら、厳罰が待ち構えていることをよく承知しております。夫婦は既に覚悟を決めておるようでございましてなあ」

「…………」

銀次郎は自分の膝に視線を落としたまま、矢張り無言だった。表情は硬い。

白石が口許を僅かに歪めて言った。

「この夫婦に如何に対処すべきか、この白石はいささか迷うてございます。なにしろ長助・はる夫婦とも真に心根の澄んだ純朴にすぎるほど純朴な人間でありますのでな」

「…………」

銀次郎は相変わらず口を閉ざしていた。が、しかし一度だけジロリと白石を一瞥していた。白石はこのとき視線を自分の膝前に落とし気味であったから、銀次郎が一瞬放ったその戦眼のような眼光に気付かなかった。

銀次郎は新井白石を、信頼出来て尊敬に値すべき一大幕僚、と眺めてきた。この気持には、今も変わりない。色色と大変世話になっても来た。

だが、数数の修羅場を潜り抜けてきた銀次郎である。謀に苦しめられ、清いと信じていた裏側に生臭い牙が隠れていたことも度度であった。

人間は常に自分の都合を優先し自分の益増大のためには豹変する。

それが、満身創痍で単身地獄街道を闘い続けてきた彼が辿り着いた厳しい『**人間観**』だった。揺るぎない『**人間観**』だ。うっかり自身の真の姿を露にしてはならぬ、と。

銀次郎は今、白石の言葉を警戒していた。桜伊銀次郎がどのような反応を表に出すか、白石は神経を研ぎ澄ませて観察しているのではあるまいか、と疑った。

その白石が遂に核心を口にした。

「そこでじゃ銀次郎殿、長助・はる夫婦に一度会うて**やっては**いただけぬか。体調の良い日にでも」

矢張りそうきたか、と銀次郎の背に疼きが走った。しかも、会うて**やっては**

……と白石の言葉は温かだ。

「申し訳ありませぬ。それは御勘弁下さい。私の御役目ではない、と思いまするが」

「そう言わずに、会うてやっては下さらぬか。このままでは自首した長助・はる夫婦の極刑は免れまい。何とか少しでも軽くしてやりたい、というのが私の本心なのじゃよ。余りにも心根の澄んだ夫婦なのでな」

「心根が澄んでいるかいないか、人柄が純朴であるかそうでないか、などは法を犯すこととは関係ありますまい。なにも悪辣な人間だけが法を乱す訳ではありませぬよ新井様」

予想だにしていなかった銀次郎の厳しい返答に、日頃冷静にして穏やかな白石の表情が、さすがに思わずムッとなった。

銀次郎は言葉を続けた。

「新井様は御自分お一人の考えだけで長助・はる夫婦の問題に対処することに御負担を感じられ、私を巻き込むことでその御負担を薄めようとなさっているのではありますまいか。それに、この問題で万が一、幕政から厳しいお叱りを受けることになった場合でも、私を巻き込んでおいた方が、御自身が浴びる傷は浅くて済む、と」

「無礼な、銀次郎殿。いくら何でも言葉が過ぎる」

白石の額に、朱の色がサッと走って片膝を立てた。いくら腹を立てても殿中で脇差の柄に手を触れるような、愚かな白石ではない。

「もう宜しい。銀次郎殿は真剣に私の相談に乗ってくれるであろう、と考えていたのは私の誤りであった」

白石はそう言って立ち上がると、銀次郎に背中を見せ勢いつけて襖障子へ向かった。その白石の背に、銀次郎は「新井様……」と静やかに声を掛けた。

襖障子に手を掛けようとしていた白石が動きを止め、振り向いた。

不愉快きわまる、という眼つきであった。いつも冷静な白石にしては珍しい眼つきだ。苛立ちが出ている。

銀次郎は声の高さを抑えて言った。

「この桜伊銀次郎は現在、上様より直直にそれ迄の**御役目**と**位**を解かれております。新しい**御役目**・**位**などの辞令につきましては、日を改めて黒書院にて閣老たちの面前で授与されるとのこと」

「それについては承知してござるよ銀次郎殿」

白石はそう返すと、漸く穏やかな表情に戻って、襖障子を背にし正座をした。

因に襖障子という表現（言葉）が生まれたのは室町時代なのだが、その由来というか語源というかは調べても、もうひとつ判然としていない。

銀次郎はゆっくりと腰を上げると、寝床の外に出てそれを折り畳んだ。

「宜しいのか。体調がまた乱れでもしたら……」

と、白石の表情が少し困惑した。

銀次郎はそれには応えず、胸元や腰まわりの着乱れを改めると、新井白石に近付き向き合って座った。

「新井様。この銀次郎は目下、**御役目**や**位**などを上様より直直に召し上げられ、新たなる辞令をまだ手渡されておらぬ、言わば浪人の身でございまする。言動には最も注意を要する立場に今、私は置かれているのだと御理解下され」

「………」

「無位無冠にして無職無禄と称しても決して言い過ぎではない立場にある今の私

が、政治や法令にかかわる大事に口をはさめば、思い上がり者、と誹謗する者が必ず出て参りましょう。ええ、必ず出て参ります。そうなりますと、私を頼って下された新井様にまで、鉄砲玉が飛びかねませぬ」

「うむ……」

白石は小声を発して頷いたあと、なんと銀次郎に向かって深く頭を下げた。

そして、頭を下げた姿勢のまま、こう言った。

「まことに銀次郎殿の申される通りでござる。この白石、いささか手順の善し悪しを読み違えたようです。申し訳ない。この通りお詫び申し上げる銀次郎殿」

「いや、なに……」

「それではこれで……」

面を上げて白石は、チラッと微笑んで目を細めると、医師溜からゆっくりとした動きで出ていった。

銀次郎は暫くの間、正座のまま黙然と腕組をして、微動だにしなかった。

と、彼の背後に位置する控えの間の襖障子が音も無く開き、年若い茶の湯坊主（茶坊主のこと）が盆に湯呑みをのせて入ってきた。僧衣にして剃髪である。

振り向いた銀次郎の表情が「ん？……」となる。

まだ十六、七歳かと思われる茶坊主は、三、四歩と進んだところに盆をそっと置くと、丁寧に平伏を済ませ、出て行こうとした。

「待て……」

銀次郎に声を掛けられ、年若い茶坊主の背が怯(おび)えたようにビクンと震えた。

茶坊主は振り向いて一歩戻ったところで、またしても平伏した。

まるで銀次郎をひどく恐れているかのような、有様(ありさま)だ。

銀次郎は鋭い眼差(まなざし)で、だが口調やわらかく訊ねた。

「気楽に致せ。顔をよく見せよ。名は？……」

「は、はい。安彦助(やすひこすけ)と申します」

茶坊主は答えつつ面を上げた。美少年だ。

「白い湯気が立っておる。淹(い)れたてだな。いい香(かお)りだ。彦助が淹れたのか？」

「はい。私が淹れさせて戴きました」

「誰に命じられた？」

「あ、あのう……」

「心配はいらぬ。誰に命じられた？……申せ」

「あ、あのう……はい」

「では誰の下に属しておる。心配せずともよい。申してみよ」

「お、御数寄屋(おすきや)に属してございます」

「ふむ、**御茶道**(おさどう)か。道理で香りよい茶である筈だな。で、誰に命じられた？」

「お許し下さいませ。何卒(なにとぞ)お許し下さいませ」

年若い茶坊主はそう言うと、がっくりと両手を畳につくや、ポロポロと大粒の涙を流し出した。医師溜(だまり)へいきなり香りよい茶を運んできた茶坊主を訝(いぶか)しんだ銀次郎が、**当たり前の用心**のために訊ねたのであったが、年若い茶坊主には重荷であったのか？

いや、実はそうではなかった。年若い**御茶道**は間近(まぢか)に見た銀次郎の額、頰、顎にはっきりと残っている多くの無惨な創痕(きずあと)に、大きな衝激を受けたのだった。それに、銀次郎自身は気付いていないのだが、初対面の人間に対しては本能的に警戒が働き、双(ふた)つの目が凄みを放ったりする。そう、単身傷だらけで吼(ほ)えつつ、血泡街道(ちあわかいどう)を阿修羅と化して突き抜けてきたあのオオカミの目だ。向かってくる者は必ず倒す、あの**報復**の目である。

しかし銀次郎は、不意に泣き出した年若い茶坊主に、やれやれといった困惑の表情を見せた。

（どうも近頃の俺はいかぬな……先程の新井様も、俺に対し思わず慌てておられた）

銀次郎は胸の内で呟(つぶや)き、頭の後ろに力なく手をやった。

このとき、控えの間(ま)に人の気配があった。今まで身じろぎ一つせずに控えていた者が、そっと動き出したと捉えられる気配であったから、銀次郎は穏やかな声で告げた。

「構わぬ。入ってきなさい」

「はい」

澄んだ綺麗な声だった。女の声だ。

それが誰の声であるか、判(わか)らぬ筈がない銀次郎であったから、表情が緩(ゆる)んだ。

控えの間(ま)から医師溜へと入ってきたのは、大奥の常着(つねぎ)で身を調(ととの)えた黒鍬(くろくわ)の女頭領**加河黒兵**(かがわくろべえ)であった。

黒兵は**御茶道**と並んで黙って座ると、三つ指をついて淑やかに頭を下げた。銀次郎の目が、面を上げた黒兵の視線と出会って、微かに動いた。いや、光った、と称すべきか。まさに阿吽の呼吸の双方であった。

黒兵が**御茶道**にやさしく告げた。

「さ、彦助殿。もうお勤めの場へお戻りなされ。あとはこの私に任されて……」

「はい……はい」

年若い茶坊主は涙顔をホッとさせて二度大きく頷くと、鼻をグスリと鳴らし這うが如く下がって行った。

「黒兵。その身なり、お前まだ大奥に詰めておるのか」

「左様でございます。月光院様から、黒鍬へ戻ってよし、のお許しがなかなか戴けませぬ」

「余程、月光院様に気に入られておるのだのう。しかし黒鍬の組織からお前の姿が消えることで、結束の箍が緩みはせぬか。四百名にならんとする配下を抱えているのであろう」

「黒鍬はそのように軟弱な組織ではありませぬ。あらゆる場合、あらゆる情況に備えての鍛練は、日頃より厳しく積み重ねてございます」

「おい……もそっと俺の身傍へ参らぬか。離れていると大きな声で話さねばならぬ」

「囁き声でお話しなされませ。唇音と申し、私には唇の微かな動きを見ただけで充分に聞こえますする」

「こいつ……」

銀次郎は苦笑すると、腰を上げて黒兵との間を詰めた。黒兵が困惑せぬように加減して。

このあたり、殿中における黒兵の立場というものを、ちゃんと思い遣っている。

「いま着ているのは、大奥の常着だな。かなり上物ではないか」

「はい。月光院様より下されたものでございます」

「お前は何を着てもよく似合うのう。髪もそうだ。つぶし嶋田も、勝山も、先笄も、お前には何でも似合う」

「そのように誉められては、心が乱れます。ほどほどになされませ」

「**凄みの黒兵**が、世辞言葉くらいで、心を乱す筈もないだろうが」

「ところでお体のご調子は、如何でございましょうか」

「今日あたり、すっかり良い。奥医師筆頭**曲直瀬正璆**先生に治療して戴いたところを、**黒鍬療法**に秀れる強面頭領の目で、ちょっと検てくれぬか」

「強面……などと。お言葉をお改めなされませ」

「ははっ。すまぬ。あやまる……俺はな黒兵、いつもお前のことを……」

「傷口、間近で拝見いたしましょう。けれど、お手で悪戯遊びをなされませぬよう」

「う、うん。しない……」

黒兵はお互いの膝頭が触れ合う程に、銀次郎に近寄った。

「お目を閉じて下さりませ」

「目を?……何故だ」

「このように間近で熟っと見つめられると、心が乱れまする」

「なに。また乱れるのか」

「閉じて……」

「それはそうと近頃の上様のご体調はどうじゃ。月光院様とご一緒に此処へ見えられた時は、まあ、お元気そうには見えたが」

「波があるようでございます。この二、三日はすこぶるお元気に動き回っていらっしゃいます」

「そうか……うむ」

銀次郎は小さく頷いて目を閉じた。俺は黒兵に激しく惹かれている、そう思った。そう思うことが、楽しかった。が、よく考えてみると、この凄みの黒兵のことは何ひとつ判っていない。判っていることと言えば、**幕府最強の特殊機関**と称してよい黒鍬の女頭領である、という一点だけだった。生家が何処にあるのか、その凄まじい戦闘能力が何処系（伊賀か、甲賀か、根来かなど）のものなのかもはっきりしていない。どのような両親のもとで育ち、いかなる山野で戦闘訓練を積み重ねてきたのか謎である。逆の視点で申せば、それらの諸点が濃い霧で包まれて窺い知れないからこそ黒鍬である、のだろう。

黒兵の手が、銀次郎の額、頬、顎、首、とそっとやさしく撫でてゆく。

「痛みはありませぬか」

「うん、ない……」

まるで母親の問いに対するかのような、銀次郎の答え方であった。けれども黒兵は先程、襖の陰から窺っていた。新井白石が「……洗脳されてしまった……」と漏らした時に銀次郎が一瞬覗かせた炎走ったかのような凶暴な目つきを。

「さすが曲直瀬正璆先生の治療でございます。お首より上の傷が開く心配は全くございません。敵の脇差が突き刺さった脚も診せて下さりませ。そのまま横になって下さいますか」

「こう……でいいか」

黒兵に言われるまま銀次郎は、負傷した大腿部を上にするかたちで横になった。

結局、黒兵から全ての傷について**大丈夫の御墨付**を得た銀次郎は胡座の姿勢に戻ると、胸許の着乱れを直しながら「ところで……」と切り出した。

黒兵が自然な動きで銀次郎との間を少し開き、表情を改めた。

「先程の年若い茶坊主だが、今日はじめてこの医師溜へ茶を運んできたのだ。いつもは年寄り臭いいささか高慢な茶坊主しか来ないと言うのにだ。誰の指示で参ったのであろうか」

「ご安心なされませ。お茶に毒などは入ってございませぬ。安彦助に対し、医師溜へ（銀次郎へ）茶を、と命じられたのは、月光院様でございます」

「なんと……」

「あの安彦助は月光院様にたいそう可愛がられてございます。あ、いいえ、妙な意味で申し上げたのではございませぬ。少し似ている、とはお思いになりませんでしたか？」

「似ている？……はて」

銀次郎は腕組をしてみせたが、べつに深刻には考えていなかった。彼は黒兵との対話が楽しいのであった。茶に毒は入っていないと黒兵が断言したならば、もう心配する必要もない。それで、おわり、だ。茶坊主が誰に似ていようが、さして関心はない。けれどもあの妖艶にして才知に富む月光院様に命じられてこの医師溜へやってきた、となると見逃せない。

だが……。

「お判りになりませぬか」

「さあて……うん……判らん」

「上様にでございます。目もと口もと上様にようく似ていると思われませぬか」

「あっ」

ここで銀次郎は、背中にビリッと稲妻を浴びたかのような、鋭い痛みを覚えた。

(似ている……迂闊であった……確かに似ている)

銀次郎は天井を仰ぐや、竹刀稽古で面を一本取られたかのように小さく唸った。

黒兵が微笑んで言った。

「人間というのは血のつながりが無くとも、あれほどに似るものか、と私も驚いてございます」

「本当に血のつながりは無いのであろうな」

「ございませぬ。と、申し上げるよりは、有りようが有りませぬ。一見すると幼く見えます安彦助は確か十七歳。安彦助がこの世に生まれた前後で見ますれば、月光院様は十二、三歳……」

「判った。似ている似ていないは、もうよい。が、御数寄屋坊主のあれ(安彦助)は何故、月光院様に知られるところとなったのだ。如何に上様に似ているとは申せ」

「安彦助は天英院様(亡き六代将軍家宣正室)にもたいへん可愛がって貰っております

る」

「ほう……」

「ご存知のように、御数寄屋坊主は家格は低うございますけれど茶道を生業と出来る程に心得た者が多うございます。あるいは茶道の家筋の者が、この職に就いたとも申せましょうか」

「うむ。それ故か、数寄屋坊主は確か世襲であったな……」

「左様でございます。安彦助も茶道の家筋の者でございまして、父親の安曽呂右衛門殿は格調高い**侘び寂茶道**で知られた御人であったことから、御数寄屋坊主組頭（禄高四十俵）という低い立場のまま、天英院様、月光院様のお相手（茶道指導）をなされていました」

「なるほど……」

「ところが先月のこと、安曽呂右衛門殿が心の臓の病で急逝し、年若いながら嫡男であった安彦助が父親の御数寄屋坊主組頭の後を継ぐ事が許されたのでございます。この安彦助、年若いながら父親を凌ぐ侘び寂茶道に秀れると、天英院様、月光院様がたいそうお気に召されまして……」

「そう言うことだったか……」

「医師溜へ（銀次郎様へ）お茶を、と月光院様が安彦助にお命じになられました際、私に対しても医師溜まで安彦助に付き添うように、と指示なされました」

「うん、それで判った。突然に紋白蝶のような茶坊主が飛び込んで来たので、いささか驚いたのだ。さては新たなる刺客なのか、とな。俺はもう、刀を持つのにいささか疲れているのだ。嫌だな」

「そのように、お気の弱いことを……お似合いにはなりませぬ。安彦助などは、医師溜へお茶を、と命じられたとき本当に怯えてございました。どうやら、**医師溜で療養中の人物は全身刀傷だらけの針トカゲのように兇暴な男**、という本丸内外の噂を耳にし信じていたようでございます」

「なに。この俺が**針トカゲ**のような男だと……こいつあまた……はははっ」

「お声が大きすぎます。お抑えなされませ」

「黒兵。着替えさせてくれ」

「え……どうなされるのです？」

「**地震の間**へ付き合うてくれぬか。あのように上様のお近くにまで侵入者があらわれ、それを討たんとしたお前の配下に犠牲者が出たというではないか。この目で検ておきたい」

「心得ました。なれど私は黒鍬の身。本丸内を銀次郎様と歩くことは許されませぬ。私は地震の間を遠目に眺める位置に控えておりまする」

「いいだろう」

「それでは御着替えをお手伝いさせて戴きます。少しお待ち下さい」

黒兵は物静かな口調でそう言うと控えの間へ下がったが、直ぐに黒塗りの衣裳箱を手にして戻ってきた。ただ、衣裳箱にしては、厚さは無いもののやや矩形に（長方形に）過ぎている。

「おい黒兵。何だそれは？」

「衣裳箱にございます」

「それは見れば判る。登城の際にこの俺が着ていたものが、その中にあると言うのか」

「いいえ、登城の際に着ていらっしゃいましたお着物は、お討ちになった刺客の血汚れが夥しく処分されましてございます。なにしろ目にも止まらぬ凄まじい勢いの斬戟剣法でございましたゆえ」

「では、その箱の中には新しい着物が入っていると言うのだな」

「はい。お腰の物も大小そろって入ってございます」

「衣裳箱や新しい着物は、当然のこと上様の御許しを戴いた上でのことであろうな」

「いいえ。衣裳箱もお着替えのお着物も、月光院様が御自らお動きになり、誰彼に指示を出しながら調えられましてございます」

「…………」

銀次郎の表情が、思わず歪んだ。有り難迷惑であった。余りこの俺に近付いてほしくはない御人、と思っている。

美貌の月光院と人気役者の如く美男である老中格御側用人間部詮房との徒ならぬ関係は今や、大奥はもとより本丸表および中奥に詰める者の間に知れわたっているのだ。ただ、間部詮房の老中会議をも凌ぐ強大な権力を恐れて、それを大開に口にする者はいない。

「着替えるぞ」

銀次郎は言うなり立ち上がり、黒兵に背中を向けて帯を解いた。

黒兵が衣裳箱の蓋を開けた。

きちんと折り畳まれた着物の上に、銀次郎の大小刀が横たわっていた。なんと、大小刀の鞘に金色の葵の御紋が刷り込まれているではないか。

着替えを済ませた銀次郎に、黒兵が表情を曇らせ黙って先ず脇差を差し出した。

三十三

「ん？……」

脇差を帯に通そうとした銀次郎が、金色の葵の御紋に気付いた。

「黒兵、何だこれは……」

鞘尻の上、四、五寸の辺りまで帯に通したところで、銀次郎の手の動きは止まっていた。

表情が困惑している。

「申し訳ございませぬ。私もたったいま気付きましてございます」

「この衣裳箱は誰がこの医師溜へ運び入れたのだ。お前ではないな」

「衣裳箱を医師溜へそっと運び入れておきましたから、と私に打ち明けなされたのは、**表使**の**咲浦**様でございます」

「大奥の**表使**か……」

銀次郎はチッと舌を打ち鳴らした。**表使**は大奥女中の職位においては、第一の権力者である**御年寄**に次ぐ力を有していた。だから名前（大奥名）も**御年寄**と同じように、山、川、浦、島、岡、町、村、屋、田、野などが**下に付く**名を名乗った。大奥における外交主幹とも称すべき立場にあって、大奥一切の購入物を総監し、大奥**御殿**への出入口（錠口という）の監理および男子役人（留守居や広敷役人ほか）との折衝をも司どっている。むろん、天英院（故六代将軍正室）や月光院のお傍近くに常に控え、いろいろな指示命令を受けて動くことが少なくない。

それをよく知っているからこその、銀次郎の舌打ちであった。

「**表使**ごときに、俺の刀に葵の御紋を刷り込む権限はない。おそらく月光院様の指示によるものであろう。黒兵はどう思う?」

「軽軽には申せませぬけれど、私は上様の強い御意向が働いたことによるものと思います。その上で……」

「月光院様の意思が表に出てきた……と言うのか」

「はい。両刀を帯びたまま本丸内で行動することを許す、という上様の御意向でございましょう」

　そのあと銀次郎は眉をひそめ、一言も発することなく、脇差のみを帯に通し、黒兵と大刀とを医師溜に残して廊下に出た。

　彼は**地震の間**を求めて、廊下をゆったりと進んだ。

　居並ぶ檜(ひのき)之間、紅葉之間、菊之間、雁(かり)之間など、どの部屋からも咳(しわぶき)ひとつ漏れ伝わってこない静まり返った廊下であった。

　まるで誰も彼もが、負傷した銀次郎の〝床離れ〟を気遣っているかの如く……。

　黒書院の前(そば)まで来たが接するどの部屋にも人の気配はなく、歩みを休めた彼は、腰を下ろして姿勢美しく正座をしてから、

「失礼いたしまする」

　とひと声かけ、障子に手をのばした。**黒書院直属監察官大目付**を上様より解職される迄は、自在に出入りできた彼であった。

総赤松造りの黒書院**百九十畳**は、ガランとしていた。

やはり人の気配はない。不自然な程に。

銀次郎はふっと小さな溜息を吐くと、人の気配まったくない広広とした黒書院に向かって丁重に頭を下げ、「お世話になり申した」と声低く告げてから、障子を閉じた。**黒書院直属**と称する役位にあったからと言って、銀次郎が此処で自由気儘に寝起きしたり食事の場所に用いたりなど、出来た訳がない。出入り自由と言う前例無き特権を認められはしていたが、それは彼の職位に権限的な重さを与えるためのものであって、銀次郎はそれをむろん承知し弁えていた。

その〝特待〟に甘えるような銀次郎ではない。

本丸には**白書院**と**黒書院**があって、両書院とも判り易くひと言で申せば**将軍之間**である。**将軍書院**と称してもよい。

各大名には、徳川将軍家に対して『**月次挨拶の義務**』（原則として月に三回）が課されている。その際に用いられる主たる部屋が三百畳の**白書院**であり**黒書院**（百九十畳）なのだが、大名家の『**格**』によって、**月次挨拶の部屋**は（礼席という）白書院か黒書院か又はその他の室かに分けられていた。

城中における各大名の席（殿席と称して登城した時の伺候席、と言う見方で可）

大廊下

- 上之部屋……御三家の殿席。
- 下之部屋……将軍家と縁類の大名家の殿席。

控えの間

- 大広間……徳川一門の大名（御三家の分家や越前家）、国持大名、四位以上の大名などの殿席。
- 帝鑑之間……譜代大名（古くからの）の殿席。
- 柳之間……五位の外様大名の殿席。

詰めの間

- 溜之間……彦根藩井伊家、会津藩松平家、高松藩松平家などの殿席。
- 雁之間……やや格落ちの譜代・詰衆大名（勤番義務を負う）の殿席（**平均**石高・四万七千石くらい）。
- 菊之間縁頬……格下の譜代・詰衆並大名（供奉役勤務などを負う）の殿席（**平均**石高・一万二千石くらい）。

㊟縁頬とは、広間へ踏み入った位置の**控え畳**、**待機畳**の部分を指す。

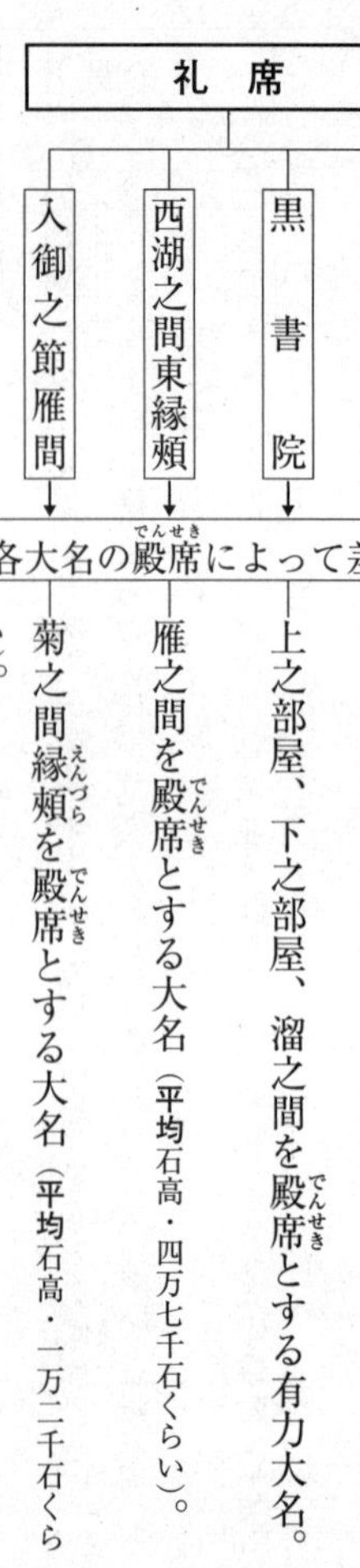

上のように定められた殿席を立って各大名は、月次挨拶（むろん、その他の式日も含め）のために**白書院**あるいは**黒書院**またはその他の部屋で徳川将軍にお目にかかる（目見えする）のだ。

この白書院か黒書院かその他の部屋かの〝差別〟を、**礼席の差別化**と称してもよいだろう。

では読者の皆さんに判り易いよう大名の『月次挨拶』を例にとって簡潔に礼席を〝差別〟しておきましょう。

大名の『月次挨拶』の前ページの表を見ただけでも、黒書院直属監察官大目付の職位を〝特待的〟に与えられていた桜伊銀次郎がどれほど堅苦しく息苦しかったか、理解できると言うものである。

御成廊下に差しかかったところで、銀次郎の歩みが止まった。

視線が庭へ向けられている。

一見して**地震の間**と判る、見るからに頑丈な印象の建物が西北に向いて建っていた。

さして大きな建物ではない。

（賊は、あの建物周辺にまで侵入してきたと言うのか……）

銀次郎はざわつく胸の内で呟き、幼君の明るい笑顔を脳裏に思い浮かべた。

黒鍬はよくぞ侵入者を倒してくれた、と改めて思う銀次郎であった。

だが、黒鍬も犠牲者を出している。

黒鍬にも大切な親兄弟姉妹はいる、と思わねばならぬ銀次郎だった。

幼君が御座すことの多い座敷は、**地震の間**の直ぐ傍と言ってよい近さだ。

もし黒鍬が防禦に失敗していたなら、幼君は危なかったかも知れない。

ちょっと思案したあと銀次郎は白足袋を脱いで懐に入れると、素足のまま庭に下り、用心深く**地震の間**に近付いていった。近付いてゆきながら、彼は幾度も首を傾げた。

（はて？……一体どこから、どのようにして此処まで侵入できたと言うのか……）

彼は、六名の侵入者と激闘のあった遠侍玄関前の広場を頭に思い浮かべてみた。その場所から、六名の**別派**が**地震の間**を目指して動いたとしても、辿り着くのは容易ではない。

本丸建物の構造自体が両腕を広げたような防禦的な拵えとなっており、**地震の間**がある広大な奥庭までは簡単に行ける筈もない。途中の要所要所には一日二十四時間、黒鍬はもとより伊賀甲賀の目も光っている。

大胆にも遠侍玄関前の広場に侵入した六名も、銀次郎の圧倒的な剣によって倒されていなければ、黒鍬による激しい反撃を受けていたことだろう。

（このように、幼君が御座す座敷の間近まで易易と侵入できたということは……まさか）

銀次郎は**地震の間**の裏手に回ると、そのまま人影の無い広大な庭を西に向かって――蓮池(はすいけ)濠方向に向かって――歩み出した。やわらかな風がひっそりとした感じで吹くなかを、彼は穏やかな表情で進んだが、細めた瞼(まぶた)の奥では、幾多の戦いで多くの敵を倒してきた双(ふた)つの目が、きつい光を放っていた。

彼は池泉庭園の池の畔(ほとり)で歩みを休め、四囲を見まわした。我が国における『古曲の名園』と称される庭園の様式の殆どは、池泉庭園である。

蓮池濠に沿っては、地塁(ちるい)状の（堤防(ていぼう)状の）高所に銃眼を持つ白壁の多聞(たもん)が長く連なっている。

北の方角（天守台の方角）も、**大奥との境**を示す高い塀で遮(さえぎ)られていた。

「ふむ……」

銀次郎は腕組をして、暫くその場に佇(たたず)んだ。鋭い目だけは左方向から右方向へ、そして右方向から左方向へと動かしながら。

（黒兵の報告では、上様の御体調に不自然な波があると言う……矢張り本丸内部に全く予測出来ていなかった反幕分子が潜(ひそ)んでいると見るべきか……このところ頻繁に出没する手練(てだれ)の暗殺集団には、隠密裏(おんみつり)に行動するという潜行的な特徴が余り見られない。むしろ堂堂と立ち向かってくる……）

銀次郎は胸の内での呟きを繰り返し、そのたびに不安が増した。

これ迄において、幼君（家継）を亡き者にして**新幕府**創設の野心を噴出させたのは、**幕翁**こと前の老中首座**大津河安芸守忠助**（湖東藩十二万石藩主、五十五歳）である。彼は炎の如き野心実現の手段を三点に絞っていた、と銀次郎は見てきた。一つは力つまり**武力**、次に**資金**、そして**洗脳**である。

熱き弁論者として秀れる幕翁の下へは、その熱さに陶酔した侍（武力）が多数集結し湖東藩士に加わった。その武力維持のため、幕翁一派は幕府の御金蔵から巨額の**番打ち小判**を奪うという大胆不敵なことをやってのけた。見事なほどに。

こういった傾向の反幕組織——隠密的でない組織——は、幕翁およびその身辺に屯する有力幹部の幾人かを討ち倒せば組織は自ら瓦解し易い。

銀次郎はそう読み、それこそ阿修羅の如く血を浴びながら幕翁一派を討ち続けてきた。

幕翁の武力は全くと言ってよい程、潜行的ではなかった。むしろ**表出戦法**で立ち向かってきた。だから銀次郎にはその**行動の特徴**がよく読めた。相手の攻め方とか守り方とか弱点、がよく見えたということだ。

見えれば撃破できる。

「幕翁一派に関しては、もう心配ない……という見方が許されるだろう。問題は……」

そう漏らした銀次郎は、**地震の間**に向かって戻り出した。

一度空を仰いで、小さな溜息を吐きながら。

しかし、**地震の間**の直前まできた銀次郎は、低く呻きざま小慌てに片膝を地についた。

予想だにしていなかった女性が、**地震の間**の向こう陰から、ふわりと現われたのだ。

月光院であった。

続いて供の大奥女中らしい二人が、月光院の背後を守るかのようにして姿を見せた。

「これはまあ銀次郎。このような場所に素足でとは、どう致したのじゃ」

月光院は眉をひそめて銀次郎に近寄りつつ、ひっそりと小声を漏らした。

銀次郎は真顔で返した。

「御部屋様こそ大奥よりこのような所に出られてはなりませぬ。此処はつい先日、侵入せし正体不明の者が黒鍬に討ち取られたる場所にござります」

「承知いたしておる。医師溜へ銀次郎を見舞おうとした途中に、この場所に其方の姿を認め驚きましたのじゃ。一体どうしたことかと心配になりこうして御庭に出て参りましたのです。さあ、お立ちなされ。御殿へ早く戻りましょうぞ」

促されて銀次郎は立ち上がり、目の前の本丸殿舎に戻る月光院のあとに従った。大奥女中二人はするりと銀次郎の背後に回り、さり気なく周囲に警戒の視線を放った。

おそらく月光院を守る黒鍬の者であろう。黒兵の指示で動いているに相違ない。

「さ、踏み石にお座りなされ銀次郎……それから足を清める濡れ手拭いを急いでのう」

月光院は巨きな踏み石の前まで来ると銀次郎を座らせ、供の大奥女中ひとりを動かした。妖しく美しく上品な姿の月光院ではあったが、さすがその言葉のひと言ひと言の響きには揺るぎない〝権威の筋〟が通っていた。

月光院は踏み石に腰を下ろした銀次郎の庭土で汚れた素足に、なんと自ら白い手を触れるや汚れを軽く払い落とした。銀次郎は諦(あきら)めたかのように、月光院に任せきりだった。

このような場合、己れの微かな**拒否の言動**でさえも、御部屋様の自尊心を大きく傷つける恐れがあることを彼は心得ていた。当たり前の幕臣なら、時と場合により、切腹にもつながりかねない。

「銀次郎、これからは本丸殿舎内と雖(いえど)も、御役目意識でもって大小刀を腰に帯びなされ。これは上様の御意向であり、私からの御願いでもありまするのじゃ」

「心がけまする……」

それが早く解放されることを願う銀次郎の精一杯の返答であった。

黒鍬者に相違ない大奥女中の持参した濡れ手拭いで、月光院は銀次郎の素足を丹念に清めると、ようやく満足そうに、にっこりとした。

「足袋(たび)を履(は)かせてあげても構いませぬぞ銀次郎」

「め、めっそうもございませぬ」

銀次郎は感情を抑えた表情を拵えて返すと、懐から足袋を取り出し手早く履いた。

「さ、銀次郎、これより上様に会うてやって下され。参りましょう」

月光院はそう言うと、銀次郎に自分の白い手を差し出して取らせた。

銀次郎は強く握り返された己が手に苦痛を覚えながらも、月光院を先ず踏み石の上にお上げした。月光院は、まだ銀次郎の手を確りと握ったまま離さない。

このとき銀次郎は、広縁の目立たぬ位置に座っていた三人目の大奥女中――おそらく黒鍬――が、着物の袖で包むようにして隠し持っている細長いものに気付いた。

激戦を潜り抜けてきた自分の愛刀（大刀）である、と気付かぬ筈がない銀次郎である。

次の瞬間、何を感じたのか銀次郎の表情がハッとなった。

「御部屋様……」

銀次郎は囁くようにして月光院の手を、そっと引いた。

まだ踏み石の上で腰を低くしたままの月光院の表情が、「え？……」となって振り返る。

お互いの顔と顔との間（へだたり）は、どちらかの意思が少しでも働けば、唇が触れ合う程にしか離れていない。

銀次郎は、囁き声をなお抑えて月光院に訊ねた。

「上様の……上様の今日のご体調は？」

「よくぞ……よくぞ訊いてくれました銀次郎。半刻（はんとき）ほど前より呼吸（いき）の……呼吸（いき）の様子が急に」

「それで医師溜へ私を呼びに？」

「上様が銀次郎に会いたい、会いたいと泣いておられまするのじゃ」

言い終えた月光院の面（おもて）が、将軍生母のキリリとした表情から、幼子の母親の顔に戻ったかと思うと、ポロポロと大粒の涙を流し出した。『将軍の生母』という威厳を必死で保ち続けてきた糸がプツンと切れたのであろう。

「上様は今どちらに？」

「大奥御座之間に……」

「医師は？」

「奥医師たちが詰めておりますけれど、動揺激しい老中たちが外部からオランダ医学館の医師団を……」

「医師団……」

聞いて銀次郎の双眸が光った。

銀次郎は月光院の手を離すと、踏み石から広縁へと身軽に移るや、

「刀を……」

と、三人目の大奥女中に手を差し出した。

その手に銀次郎の愛刀**備前長永国友**を、大奥女中は目つき鋭く確りと握らせた。

銀次郎の歩みが、大奥に向かって床を鳴らし急いだ。

三十四

銀次郎は厳しい表情で**御成廊下**を、大奥の入口である**御鈴廊下**を目指して急いだ。幾重にも折れ曲がった長い廊下を右へ左へと、かなりの距離ではあったが、走る訳にはいかない。

改めて述べるまでもなく巨大な江戸城は主として、幕府政庁と称してよい**本丸**

表、将軍の官邸と公邸の性格を併せ持った**本丸中奥**、そして将軍と家族の私邸とも言える**大奥**、の三つの殿舎より成り立っている。**本丸中奥**は単に**中奥**、**大奥**は**奥**とも称されることが少なくない。三代将軍徳川家光が建てた壮大な五層の天守閣が、大奥殿舎の北側（背中側）すぐの台地上に在ったのだが、明暦三年（一六五七）の大火で全焼し、その後は造営されていない。財政的に厳しかったのだ。

　それはともかく、銀次郎がいま動き出している殿舎が、右に述べたところの中奥だった。何処から何処までを中奥と称するのか本丸殿舎の図面の上では容易に線引きできるが、文章での線引きは容易くない。大雑把であることを許して戴ければ、本丸全体から見た**南側一帯**、つまり**黒書院**から**御膳所**、**御賄所**までの殿舎が幕府政庁（本丸表）で、そこから先の（北側の）殿舎が将軍の官邸と公邸の性格を併せ持つ中奥だった。この中奥の更に北側に位置する大奥殿舎との境界は俗に『**銅塀**』と称されている高い塀で判然と仕切られている。よって正式な『大奥への出入口』は銀次郎時代、**御鈴廊下**と名付けられた出入口（錠口という）の一か所に限られていた。ただ、時が流れて九代将軍徳川家重時代に入ると、御鈴廊下は**上御鈴廊下**（旧）と**下御鈴廊下**（新）の二本にはなる。

その御鈴廊下（錠口）の前までやって来て、銀次郎の歩みが止まった。ハッとしたような止まり方であった。顔色が明らかに変わっていた。

御鈴廊下には、出入口が二か所ある。もう少し判り易く言うと、太い柱を境として右と左に分かれていた。左側が**大出入口**、右側は**小出入口**で、その特徴が示すように左側は将軍の出入口であり、右側は大奥女中や女茶坊主が使った。その左右両方の出入口の杉戸はいま堅く閉じられ、その杉戸を背にして銀次郎が思わずウッとならざるを得ない人物たちが膝上に拳を置き正座をしていたのである。大出入口の杉戸を背にしていたのは、老中**秋元但馬守喬知**であった。日頃より**天英院**派と見られている人物で、『絵島生島事件』では詮議役筆頭の立場で厳しい姿勢を貫いた、武蔵川越藩六万石初代藩主でもある。

そしてもう一方、小出入口を背にして座っていたのは、譜代の名門で知られる三河岡崎藩五万石四代藩主にして若年寄の水野和泉守忠之だった。今は亡き六代将軍徳川家宣の正室で幼君**家継**の嫡母でもある天英院の父**関白・近衛基熙**が『**基熙公記**』のなかで、「……只人にあらず、尤も聡明、比類なし……」と激賞した今言葉で言うところのエリート幕僚だ。その通り、のち彼は**京都所司代**から**老中**

(享保二年・一七一七年就任)へと抜擢急進を果たしている。

右の実力者二人が、大杉戸と小杉戸を背にし、さながら銀次郎を遮るかのように冷やかな表情で座っていた。

因に、述べておく必要があろうか。

杉戸は大小双方ともに黒塗縁で糸柾があざやかな拵えだった。糸柾とは、杉材の柾目が糸のように美しく密状(すき間が無い)になっているものを指して言う。

将軍専用の出入口は二枚の大杉戸で成っており、その幅は九尺七寸(約二メートル九四センチ)もあり、大奥女中や女茶坊主らが出入りする小杉戸も二枚拵えで、その幅は六尺五寸(約一メートル九七センチ)あった。

銀次郎は胸中が泡立つのを抑えて腰に帯びていた大刀を右の手に移すと、老中秋元但馬守喬知と正対する位置に座った。そして一言も発することなく、しかし作法正しく深深と平伏した。

「おお、これは桜伊銀次郎。この度は遠侍前に侵入せし賊徒らを見事に討ち倒したのう。まことに見事であった。ま、面を上げて気楽に致せ。で、体に負けし傷の具合はどうじゃ」

「恐れ入りまする。奥医師筆頭曲直瀬正琇先生たちの行き届いたる治療を頂戴いたし、この通りいつもの元気を取り戻しましてございまする」

銀次郎はそう述べつつ面を上げて、老中秋元と目を合わせた。

「うむ。なによりじゃ。しかし銀次郎、顔の数か所および首下などに目立っておる痛痛しい創痕は消えるのかのう」

「はい。刻を要しましょうが、殆ど目立たなくなると曲直瀬先生の御診断でございます」

「そうか。ならばよし。余り凄まじい印象のままに殿中を往き来されると、気弱い者は腰を抜かすかも知れぬのでな。あ、これは少し言い過ぎじゃ、許せ。で、何用あって此処、御鈴廊下へ参った？」

「上様にお目に掛かりたく存じまする」

「なに、上様にじゃと？……其方、現在は無位無冠にして無職の身であったな。いわば浪人の身分と称してもよい立場。軽軽しく上様にお目に掛かりたい、などと口にしてはならぬ。身分を弁えよ」

「なれど……」

「先程も申したが、遠侍前での獅子奮迅の御奉公は真に立派であった。褒めてとらす。だが、今の其方の身分で、御鈴廊下を通す訳には参らぬ」

「それを私に告げるため、御老中、御若年寄の御二人様は、この場にて前例なき待ち伏せ正座をなさっておられましたのか」

「なにいっ……」

若年寄水野忠之が血相を変えて思わず立ち上がろうとするのを、老中秋元が軽く左手を上げて制した。

冷静沈着な切れ者幕僚で知られた若年寄水野が、血相を変えるなどは曾て無いことであった。さすがにその事を知っている銀次郎であったから、水野の方へ膝前を改め黙って両手をついた。

それで水野の表情が、鎮まった。

銀次郎は姿勢を老中秋元へ戻し、右傍に横たえた金色の葵の御紋が鞘に入った愛刀備前長永国友をはじめて意識した。その葵の御紋入りの大刀を、ぐいっと老中・若年寄二人の面前に突き出せば、形勢は変わるかも知れない。だが、状況がかえって悪化する恐れもあった。老中・若年寄の二人は既に、銀次郎の身傍に横たわっている大刀の鞘に、金色の葵の御紋が目立つかたちで入っていることに、気付いている筈だからだ。気付いていて銀次郎を遮っているとしたなら、二人の幕僚の意思は強硬と推量せねばならない。

銀次郎は天井を仰いで辛そうに小さな溜息を吐くと、備前長永国友を手に立ち上がった。

「上様の身の安全に、老中・若年寄会議で全責任を負うて下され」

銀次郎は丁重に言って軽く一礼すると、彼らに背を向けて廊下を戻り出した。が、その歩みは幾らも行かぬ所で止まった。廊下の向こう角から、月光院が三人の大奥女中——黒鍬者——を従えて現われたのだ。

銀次郎は廊下の端に腰を下ろして、控えた。

「おや銀次郎。一体どう致しましたのじゃ」

将軍の生母である月光院が先程の涙などすっかり忘れた、キリッとした面に驚きをひろげ、銀次郎の前で歩みを休めた。言葉は銀次郎へ向けてはいたが、視線は老中秋元と若年寄を見比べている。

銀次郎が答えた。

「無位無冠にして無職の身である今の私は、上様に目通りする資格無し、と御老中ならびに御若年寄の御二人に制止されましてございまする」

「なんと……」

　月光院の頬に、朱の色がサッと走った。老中・若年寄の二人が御鈴廊下の大小出入口を塞ぐかのように座っているなど、知らなかった月光院だった。まだ四半刻と経っていないつい先程、月光院と供の大奥女中は、銀次郎がいる医師溜を訪ねるために、御鈴廊下から出て来た。そのときは、老中・若年寄二人の姿などは見当たらなかった。

　月光院が眦に険しさを覗かせて、老中秋元に詰め寄ると、秋元と若年寄水野は両手をついて軽く頭を下げた。そして、月光院がその妖しくかたちよい唇を開くよりも先に、老中秋元が物静かな口調で告げた。

「恐れながら、我ら二人の幕僚がこの位置に座りたるは、老中および若年寄諸公の総意にございまする。と同時に、御側用人侍従**間部越前守詮房**（高崎城主五万石）殿の意向でもございますれば……」

　老中秋元と若年寄水野は申し合せたようにそこで面を上げ、月光院を見た。その眼差、表情、一歩も下がらぬが如し、であった。

このとき銀次郎は既に、この場から去る意思でもって腰を上げ、足早に歩き出していた。

（この城は、とても武士とは言えぬ者共の巣窟となってしまっておるわ。情けないことじゃ。なにも幕翁（前の老中首座・大津河忠助）が戦支度でもって暴れ狂わなくとも、幕府の内側から自壊するかも知れねえわさ）

胸の内で呟く銀次郎であった。

彼は医師溜へ戻った。

銀次郎はきっと引き返してくる、と予想していた訳でもあるまいが、医師の姿だれ一人ない部屋で、黒兵が待っていた。

「お帰りなされませ」

三つ指をついて淑やかに銀次郎を出迎えた黒兵だった。

銀次郎は腰の刀を脇に置き、彼女と向き合って胡座を組んだ。

「まだ居たのか。此処は、黒鍬の女頭領が長く居てよい部屋とは言えぬぞ」

「銀次郎様が正式にこの医師溜より退去なされましたなら、私は消えまする」

「そのような申し合わせになっておるのか」

「申し合わせではなく、そうせよとの指示命令を受けてございます」

「わかった。ならば、俺はこれより隠(かく)れ住居(ずまい)（隠宅）へ戻るとしよう。当分は刀を握りとうない」

「承(うけたまわ)りました。ではそのように、我らの御支配様に御報告いたしておきまする」

　黒兵が言った我らの御支配様とは改めて述べるまでもなく、銀次郎の伯父で目付筆頭の**和泉長門守兼行**(いずみながとのかみかねゆき)のことだ。柳生新陰流(やぎゅうしんかげりゅう)をかなりつかう。

「そう言えば、伯父とは暫(しばら)く会っておらぬな」

「大変なお忙しさでいらっしゃいますけれど、矍鑠(かくしゃく)としておられます。ただ、銀次郎様のことにつきましては、お立場上、言葉や表情にお出しにはなりませぬが、随分と案じておられます」

「銀次郎は果たすべき責任は確(しっか)りと果たしている、とお伝えしておいてくれ。出来るだけ早い内に御屋敷を訪ねるから、とな」

「はい」

「では俺は隠宅へ帰る。生まれ育ちたる屋敷のことが気にはなっているが、今はどうも帰る気にはなれぬ。隠宅は浮き世ばなれしていてよい。のんびりするには、あの場所は何よりじゃ」

「のんびりしていて宜しいのでございましょうか？」

「ん？……上様のことを言うておるのだな」

「左様にございます」

「今の俺の身分では動けぬ。上様に近付けぬのだ。無理に動こうとすれば恐らく捕縛の対象となろう。幕僚の三十人や四十人斬り倒し血まみれとなって上様に近付くことは、出来ぬことではない。だが、そのような強引きわまる動き方をとれば、鉄砲隊の一斉射を浴びることになるだろう。この俺だけでなく、上様までもが……」

「まさか……そんな……」

「血まみれの衝動を突き進んできた俺だ。俺の予感というやつは、そのように捉えている。おい、黒兵……」

「はい？」

「いま月光院様の身近で大奥女中となっている黒鍬者は幾人だ」

「七名にございます」

「少ない。倍に増やせ。そうして、お前自らは、上様の身近に張り付いてくれ。月光院様を説得してでもな……伯父に報告する必要はない。この俺の頼みに従ってくれ。どうだ。どうだ？」

「どうだ、とお訊きなさるまでもございませぬ。身命を賭して上様をお守り致しまする」

「うむ。但し、無駄な死に方をしてくれるなよ。約束してくれ」

「お約束いたします」

「よし。では俺は当分の間、隠宅へ雲隠れだ。あの隠宅だが、まだ幕僚の誰彼に知られてはおらぬであろうな」

「黒鍬すじから漏れることは絶対にありませぬ。それゆえ尾行の者にはお気を付け下さいませ」

「尾行の者な。承知した。では、俺はこの城から出る。お前は少しでも早く上様の御身傍にな」

「承知いたしました」

銀次郎は、江戸城をあとにした。お気の毒なことに幼い上様のまわりには妖怪が多過ぎる、と捉えた銀次郎は、さすがに後ろ髪を引かれる思いであった。

三十五

小石川（こいしかわ）御薬園にほど近い隠宅での何事もない穏やかな三日間の生活が過ぎて、四日目の朝が訪れた。

麦飯（むぎめし）に味噌汁をかけただけの朝餉（あさげ）を掻（か）き込（こ）んだ銀次郎は、過ぎたる三日間と同じように、滑（すべ）りの悪い障子を開けて濡れ縁に出ると胡座を組み、『蝶（ちょう）が池（いけ）』の向こうに広がっている実り豊かな青青とした田畑を眺めた。

今朝は早くから霧雨が降っているところが、晴天に恵まれ過ぎたる三日間とは違っていた。

台所から、朝餉のあとを片付けているらしい、茶碗の触れ合う音などが伝わってくる。

腰の低い生垣の外の通りに畔を接している灌漑用の池『**蝶が池**』の水面が、霧雨に打たれ細かく泡立つかに見えていた。

銀次郎が耳を澄ますとその水面が微かに鳴っている。

「たまらぬなあ、このように風流な生活は……」

満足そうにひとり呟いた銀次郎であったが、幼君家継のことは脳裏からずっと消えていなかった。

黒兵からも、その後の連絡――黒鍬伝令と称する――は無い。伝令があればこの隠宅に詰めている女黒鍬の二人、**滝**か**浦**のどちらかが速かに銀次郎に対し伝える筈であった。

その**滝**と**浦**は用がない限り、銀次郎の前に姿を見せることは滅多にない。**滝**にしろ**浦**にしろその任務は、ここ隠宅の単に雑用を担うことではない。黒兵から厳命されているのは、銀次郎の身辺警護と隠宅の監理であった。

背後に人の気配があったので、銀次郎は振り向いた。

頭が雪をかぶったが如く真っ白に見える、白髪豊かな下働きの老女**コト**が、湯呑みと小皿をのせた小盆を持ってにこやかに座敷に入ってきた。

と、霧雨が降っているというのに裏庭の方から、薪を割る音が聞こえてきた。**コト**の亭主の**杖三**が軒下で鉈でも振るっているのだろうか。

年老いて女房より小柄であるにもかかわらず、汚れ仕事も力仕事も厭わず実によく働く**杖三**だった。

コトが銀次郎の前に小盆を置いた。

「今日はシトシトと……一日中やみそうにありませんねえ旦那様」

コトが控えめな調子で言いながら、小盆をほんの僅か銀次郎の膝へ、そっと押して近付けた。

白い湯気をくゆらせている湯呑みと、大根の漬物の小皿がのっていた。

銀次郎は**コト**に笑みを見せてから、茶をすすり大根の漬物をつまんで口に入れ音を立てた。

「うめえな、**お萩**ん家の茶は……」

頰をポリポリと鳴らしながら、くだけた調子で言い、銀次郎は霧雨の彼方を眺めた。**お萩**たちの住む農家は晴天だとこの濡れ縁からでもよく見えるのだが、今朝はぼんやりと煙っていた。

「この大根もお萩さんから戴きましてね」

「お、そうだったのかえ。漬物にして？……」

「いいえ。戴いた大根を漬け込んだのは、このコトでございますよ」

「茶にも酒にも合うねえ、漬物と言うのは……とくにコトの漬物の味はたまんねえ」

「それはまあ、有り難うございます。今度は旦那様、暫くこの家でのんびりとなさるのでございますか」

「その積もりだ。あれを腰に帯びるのは、もう飽きちまったい。厭だ厭だ」

銀次郎は視線を座敷の床の間へチラリと流し、顔の前で手を小さく横に振った。床の間の刀掛けには〝歴戦の勇士〟でもある愛刀備前長永国友の大小が横たわっていた。

コトは、銀次郎の言葉に返すことなく、ほんの僅か笑みを見せているだけだった。杖三にしてもコトにしても、銀次郎の内懐に決して深く〝立ち入る〟ことはなかった。自分たちの立場を常によく弁え、一定の『溝』を隔てて銀次郎と接することを、心得ていた。したがって、備前長永国友の大小の鞘に金色の葵の紋が刷り込まれていると知っても、銀次郎の体に無数の創痕が走っていると判っても、無関心を装うことが**杖三・コト**の作法であり礼儀だった。

コトが頃合を計って、台所へと下がっていった。

銀次郎は煙って余りよく見えない**お萩**の住居をぼんやりと眺めながら、香り豊かな茶を飲み、大根の漬物で頬を鳴らした。

大根は古の文献**『日本書紀』**に**於朋禰**の名で出ているため、日本特有の野菜（根菜）と思い込んでいる人が多いかも知れない。そこでちょっと参考までに記しておきましょう。

大根が、野生種のハマダイコンを元種として栽培が始まったのは、なんと古い時代の**地中海**地域において、と伝えられている。それが時代の流れと共に品種の分化を進めるなどして日本にも伝わり、『日本書紀』に**於朋禰**の名で記録されるようになった。ただ、大根その他の野菜が糠味噌を用いるなりして本格的に漬けられるようになったのは、**元禄時代**（一六八八～一七〇四）に入ってからのことである。塩漬けなどに限れば、平安時代の前後からあったようだ。

「ん？……」

　霧雨の向こうを眺めていた銀次郎の表情が動いた。**お萩**の住居の方角から、畦道伝いにこちらに向かって誰かがやってくる。霧雨で煙っているため、男なのか女なのか判らない。ただ、蓑帽子をかぶり肩蓑（肩みの）と下蓑で身を被っていることは、はっきりとしていた。蓑とは、藁などで編んだ雨具の総称である。**頭にかぶるもの、肩を覆うもの、腰から下を覆うもの**、とそれぞれ名が付いている。

「**コト**や……」

　銀次郎は腰を上げ、台所の方に声を掛けながら土間へ寄っていった。

「はあい旦那様。ただいま……」

と、**コト**の如何にも働き者らしい、若若しい声が土間の左手奥、台所のあたりから返ってくる。

「いや、俺ではない。**お萩**の住居の方角から、誰かが畦道伝いにこちらへやって来るようなのだ」

「おやまあ、この雨の中を……わかりましたです旦那様」

　銀次郎の目の前で**コト**が軽く頭を下げ、「見て参りましょう」と土間から足早に出ていった。

裏庭へと回った銀次郎は軒下に積まれた薪の間を抜け、屋根付きの竪井戸（深さ十メートル前後の浅井戸のこと）で顔を洗い、総楊枝と塩で口腔を丹念に清めた。

居間へ戻った彼は、すっかり寝着となってしまっている普段の着流しを手早く新しいものに改め、帯を締め直した。

が、脇差は腰に帯びなかった。床の間の刀に手を触れようとしただけで気分が重くなるのだ。

銀次郎は、今の自分は生き返っている、と思った。毎日毎日の気楽さが、たまらなかった。少しばかり、だらしなくなったかとさえ思っている。ただ、幼君家継についての不安だけは、胸の内から容易に消え去らなかった。

「それはそれはまあ、雨の中を……さあさ、どうぞ」

土間口の外あたりで、コトの話し声があった。どこか華やいでいる。

蓑を体から取って雨滴を弾き落としているバサバサという音が、銀次郎の耳にまで届いた。

彼は胸元の僅かな着乱れを調え表情をいささか硬く拵えて、土間との境の部分に当たる板敷の縁頰へと移った。

目の前に現われた客には、幾度となくいきなり襲われてきた銀次郎だった。

油断は出来ない。

が、**コト**の後ろに従うようにして土間に入ってきた〝客〟を見て、銀次郎の面（おもて）にやさしい笑みが広がった。

庭先を鶉（うずら）がアッジャパーと鳴きながら走り回っていた農家の若い女房、**お萩**であった。清潔そうな白い布巾様（ふきんよう）のもので隠した何かを、大事そうに胸に抱くようにしている。

「これはまた、**お萩**ではないか、子供たちもアッジャパーたちも元気かえ」

「はい」

と頷（うなず）いた**お萩**はにこやかに、御辞儀をした。

この若い女房は本当にあたたかに、人の心内（こころうち）へするりと入ってくると銀次郎は思った。

お萩が笑みを絶やさずに言った。

「この二、三日、旦那様のお姿が遠目に見えておりましたから、これを作ってきました。どうぞ召し上がって下さい」

そう言って縁頬の框へそれを置き、被せてあった白い布巾様のものをそっと取り除いた。

「おお……」

と、銀次郎の顔が嬉しそうに弾けた。これはたまらぬと言いた気な、くしゃくしゃの表情だった。

ひと目で厚い餡に包まれていると判る、牡丹餅だった。七つも皿に盛られている。

「こいつあたまらぬなあ。皆、一緒に食べよう。さ、お前も上がりなさい」

「いいえ、私は用事をたくさん残して出てきましたから、これで失礼します」

「そうかあ。働き者の百姓たちは雨が降っていても、やることが色色とあるのだろうなあ」

「はい。雨が降ったら降ったで何かと忙しいです。晴れた日にでもまた、お茶でも呑みに来て下さい旦那様」

「そうだな、うん。また寄らせて貰おうか」

「旦那様は、やっぱりお侍さんだったのですね。とても下下の者には見えませんでしたもの」

お萩の視線が、床の間の刀掛けに横たわっている大小刀へと移っていた。かと言って格別に驚いた様子でもない。出会ったときから、「お侍に違いない……」と確信していたのであろうか。

銀次郎は苦笑い（にがわら）をして、**お萩**の言葉を聞き流した。

このとき、三人の表情が改まった。霧雨が降っていると言うのに、馬の蹄（ひづめ）の音が聞こえてきたのだ。かなりの速駆け、と銀次郎には判る蹄の音だった。まぎれもなく、こちらへと近付いてくる。

「それでは旦那様、私はこれで……」

お萩が御辞儀をして離れて行こうとするのを、「待ちなさい……」と銀次郎は言葉やわらかく制止した。それまで薪を割っていた**杖三**も、土間に現われた。

「**お萩**、あの馬の蹄の音だが、馬上の者の素姓（すじょう）が判ってから外に出るようにしなさい」

それを聴いて、**お萩**のあどけない感じの顔に不安が広がった。

蹄の音が隠宅の裏手で不意に止（や）み、甲高（かんだか）い嘶（いなな）きが伝わってきた。

銀次郎は土間口から外に出た。霧雨はかなり弱くなって煙と化しているように見えた。

蹄の音が次第に近付いて来る。

生垣の外へ出た銀次郎は、『蝶が池』を左に置いて、隠宅の右手向こう角に注意した。

はじめに**滝**が姿を見せ、続いて人馬が現われ、そのあとに**浦**が続いた。二人とも長柄付きの鍬を手にし野良着だ。

銀次郎は、チッと舌を打ち鳴らした。馬上の人は、いつであったか矢張り馬で突然現われ「**よりかた**……」と名乗り、朝飯の最中であった銀次郎の好物の漬物に厚かましく手を伸ばして、カリカリポリポリと頬を鳴らしたあの男だ。

「よう久し振りだな……」

馬上の図図しい其奴は、まるで旧知の友に何年ぶりかで出会ったかのような、懐かしそうな笑顔を拵え声高く右手を上げた。

滝が人馬から離れ、小駆けに銀次郎に近付くや囁いた。

「畑中の農道をこの家に向かって全速力で真っ直ぐに馬を走らせて参りましたゆ

え、途中で制止いたしましてございます」

「あ奴、これで此処へは二度目だな」

「はい。とくに怪しい点はない、と見ましたが」

「うむ……黒鍬者と見破られるような制止の仕方をしたのではあるまいな」

「大丈夫でございます。私が石につまずいて倒れ、幅狭い農道を塞いだ、という案配でございます」

「判った。あとは私に任せなさい」

「あの……旦那様。お腰が空でございます」

「刀は無用じゃ。心配するな」

「はい。それでは……」

浦と滝は何事もなかったかのような素振りで連れ立って家の中へ姿を消し、人馬は銀次郎の面前でおとなしく動きを休めた。

銀次郎は息荒い馬の両の頬を、掌で撫でさすってやった。

「おお、よしよし。今日も手荒く走らされたのだな。あとでたっぷりと水と飼葉をやるぞ。よしよし」

馬は、はっきりと二度、首をたてに小さく振った。偶然(ぐうぜん)の所作(しょさ)であろうが、目を細めている。

銀次郎のきつい眼差(まなざし)が、馬上の**よりかた**に移った。

「下(お)りろ。もっと馬を労(いたわ)ってやれ」

「べつに疲(つか)れが尾を引くような、無茶(むちゃ)な走り方はさせておらぬがなあ……」

やや不満気に返しながら、**よりかた**は身軽に馬の背から下りた。それまで煙のように降っていた霧雨が、誰かに命じられでもしたかのように突然やんだのは、まさにこのときだった。

銀次郎と**よりかた**は、どちらからともなく空を仰いだ。

それまでどんよりと濁(にご)っていた空は、いつの間にか明るさを増していた。

銀次郎が**杖三**と**お萩**の名を呼ぶと、土間口の奥で二人の返事があって、直ぐに外に出てきた。

「**杖三**や。この馬に水と飼葉を充分に与えてな、そのあとこの**よりかた**殿とやらに帰って貰ってくれ」

「畏(かしこ)まりました旦那様」

杖三は銀次郎の手から手綱を預かると、井戸端の方へと馬を引いていった。

杖三に去られて何となく心細そうな様子の**お萩**を、銀次郎は言葉やわらかく促した。

「さ、**お萩**。送ってやろう」

「とんでもありません旦那様。我が家は向こうに見えております。ひとりで帰れますから」

「そう言うな。牡丹餅の御礼だ、送らせてくれ。それに**作一**や**作二**や、アッジャパーの話も聞きたいのでな」

「…………」

我が子の名が出たからであろう、こっくりと小さく頷いた若い母親の喩えようもなく愛くるしい顔に笑みがひろがった。

二人は『蝶が池』の畔に沿い肩を並べて歩き出した。ひとり取り残された**よりかた**とやらの視線が、次第に離れていく銀次郎と**お萩**の背に、熟っと注がれている。釘付けだ。

そして、ふうっと溜息をひとつ吐いて空を見上げた。何の意味を込めた溜息だったのであろうか。

土間口から、前掛けで手をふきふきコトが姿を見せた。『蝶が池』の畔を遠ざかってゆく二人の後ろ姿を、よりかたとやらが身じろぎひとつせず見送っているのに気付いたコトが、一瞬妙な顔つきになった。しかし、不審気な顔つき、という程でもない。

「あのう、お茶でも呑みなさるかね」

コトが、声を掛けた。銀次郎とお萩の後ろ姿を見送ることに、よほど集中していたのだろう。よりかたは肩をビクンと震わせると、だらしなく帯びた腰の古い刀をぷらんぷらんと揺らせて振り返った。

「あ、驚かせてしまいましたかのう。すみませんのう。美味しいお茶を淹れて差し上げるけん、縁に腰を下ろしてお休み下され。お馬も元気に飼葉を食っておりますけん」

「お、そうか。馬にまで世話をかけて済まぬな。茶は有り難い。では厚かましくひと休みさせて貰うとするかな」

「どうぞ、どうぞ。そのうち旦那様も戻って来ましょうから」

よりかたは**コト**に促されると、にこやかな表情で縁へ案内されて框に腰を下ろした。大小は腰にしたままだ。

「私は**よりかた**と言うのだ。覚えておいてくれ」

「へえ、それはどうも御丁寧様に……」

コトは御丁寧の下に様を付して頭を下げると、土間口を入っていった。

よりかたの視線は再び銀次郎と**お萩**の背に注がれた。

とは言っても、二人の後ろ姿はかなり遠くになってしまっている。

「参った……」

よりかたはポツンと漏らして、また空を眺めた。一体何に参ったと言うのか？

空は先程よりも更に明るくはなっている。

コトが居間から縁へと茶を小盆にのせ運んできて、**よりかた**の傍に置いた。

「これはまた、いい香りだな。それに茶の緑が殊の外綺麗だ。うん、気に入った」

「熱いのでゆっくりと味わって下されや。この茶は、ほれ、いま旦那様が送って行ってなさる**お萩**ちゃんが、丹念に手入れする住居の生垣の葉茶ですのや」

コトはそう言って、すっかり小さくなった二人の後ろ姿を指差した。

「そうか。**お萩**とか言うあの女性（おんな）の手になる生垣の葉茶か。どれ……」

よりかたは頷いて湯呑みを手に取り、熱さに用心するかのようにして、そっとひと口をすすった。

「ほほう、これは旨（うま）い茶だ。口に含んだときの、まろやかな香りが何とも言えぬわ」

「そうでございましょう。**お萩**ちゃんの優（やさ）しい気性（きしょう）が、葉茶にも伝わっているのでしょうかのう」

「あの二人、仲が良さそうだな。いや、変な意味で言うておるのではないぞ。**お萩**とやらの様子に、銀次郎殿に対する甘えのような、と言うか、安心しきっているような雰囲気が感じられてなあ」

小さくなっていく二人の後ろ姿を眺めながら、湯呑みをまた口へ運ぶ**よりかた**だった。

「あれまあ。お侍さんは旦那様の御名前をご存知で……」

「うん。既に語り合っておる。私が此処を訪ねるのは二度目だぞ。耳に入っておらなんだのかえ」

　やや早口で言い切って、**よりかた**は更に茶を飲んだ。目を細くし、かなり気に入っているようだ。

「へえ……」

　よりかたが手にしていた湯呑みを小盆に戻すのを待っていたかのようにして、**コト**が言った。

「**お萩**ちゃんは、それはそれはいい嫁でなあ。口うるさい年寄りや小姑がいる大世帯の百姓家じゃが、家族の誰からも大事にして貰うております。みんな大変に働き者やさかいに、この界隈の百姓じゃあ一番の**内証善し**でしてな」

「それは何よりだ。嫁が大切にされている話は、聞く者の胸の内を清清しくさせるからのう」

「へえ、まあ、そうですけんど、**お萩**ちゃん、まだ若いのに可哀相で……」

「ん？……どう言うことだ。豊かな百姓家の嫁として、恵まれているのではなかったのか」

「一昨年の暮れ、それはもう仲の良かった働き者の亭主がひどい流行病に罹って長いこと寝たり起きたり、ぶらぶらしていたんじゃが、とうとう亡くなってしまったんですよう。本当に気の毒なことで……」

「なんと、そりゃあ可哀相にな……人の幸・不幸というのは全く予測がつかぬのう」

「幸い夫との間に出来た二人の元気な男の子……作一と作二と言いますのやが、それはそれは利発(りはつ)でしてのう。このことが**お萩**ちゃんの生甲斐になっておりますのや」

「ふむう……」

小さく漏らした**よりかた**であったが、どうやら**コト**との話に関心を薄めているようだった。その証拠に、視線がさり気なくだが床の間に向けられて、離れない。

「ほんじゃまあ、ごゆっくりなされて……」

そうと感じたのか、**コト**は座を立って居間から土間へと消えていった。

よりかたは、銀次郎と**お萩**の方角へ視線を転じた。

二人の後ろ姿はちょうど、百姓家の土間口に消えるところだった。

と、何を思ったのか**よりかた**は、雪駄(せった)を脱いで縁に上がった。縁の床板が軋(きし)んで鈍い音を立てる。

だが彼は、構わず居間に入るや、迷いを見せずに床の間に近付き、刀掛けの大刀備前長永国友に手を伸ばした。

鞘には無論のこと、金色の葵の紋が刷り込まれている。その葵の紋を瞬きひとつせず、熟っと見つめる**よりかた**だった。この男、一体何者であるのか？

土間の奥、台所のあたりで食器の触れ合う音がして、そのあと馬の低い嘶きが彼の耳に届いた。

刀掛けに大刀を戻した**よりかた**は、脇差へは関心の目を向けず縁に引き返し、素早く庭先へ下りた。

そこへ、**杖三**が土間口から出てきた。

「お侍さん、あのう……馬ですけんのう」

「や、世話を掛けておるなあ。申し訳ない。これ少ないが……」

よりかたが銭を取り出すつもりなのか袂に手を引っ込めると、**杖三**は顔の前で手を横に振った。

「馬の蹄じゃけんど、この儂がちょっと検ても宜しいかいのう」

「ん？……蹄が傷(いた)んでおるとでも言うのか。いや、それよりも、お前、蹄が検(み)れるのか」

「百姓仕事で馬を日常的に使うていましたからな。右の前脚が、ちょっと気になりますんじゃ。念のため、と言う程度でごぜえやすが」

「わかった。検(み)てやってくれ。帰りも走れるようにな」

「へい。そんじゃまあ……」

杖三はひょいと頭を下げると、土間口へと消えていった。空はいよいよ明るくなり出していた。

よりかたは銀次郎と**お萩**が消えた百姓家の方へ視線をやりながら生垣へ二、三歩、近付いていった。

と、まるでそれを待ち構えていたかの如く、〝激変〟が**よりかた**に襲い掛かった。

生垣の向こうから、次次と飛びこえてきたボロをまとったような浪人風四名が、**よりかた**に無言のまま斬りかかったのだ。四人が四人とも、揃って大柄だ。

「わあああっ」

よりかたは、わざとらしく絶叫するや、抜刀して激しく振り回した。剣法などと言えるものではなかった。恵まれた体格に任せ、破れかぶれの如く大刀を振り回した。恥（はじ）も外聞（がいぶん）も無い、といった感じだ。

これには大柄な侵入者四人も、少しばかり手を焼いた。誰も彼も人相が判らぬ程に、髭面（ひげづら）だ。

「わあああっ」

よりかたは再び絶叫した。土間口から**杖三**と**コト**が飛び出して来て、目の前の信じられないような光景に悲鳴をあげた。

続いて野良着姿の**滝**と**浦**が鍬（くわ）を手にして現われ、**よりかた**の助太刀に加わった。

たちまち双方入り乱れての、乱闘となった。

だが、黒鍬者の手練（てだれ）である**滝**と**浦**を相手に、侵入者の誰もが一歩も退（ひ）かなかった。それどころか、互角だった。

「お前（まい）さん……」

青ざめた**コト**に震え声で促され、**杖三**は「うん」と頷くや、草履（ぞうり）ばきのまま縁から居間へと駆け込み、床の間の大小刀をわし摑みにした。そして土間口の反対側、台所口から外へ飛び出すや、畑の中を**お萩**の住居めざして走った。

亭主のその後ろ姿を認めて、**コト**は**お萩**の住居の方角に向け「旦那様あ、旦那様あ……」と金切り声で叫んだ。

これは効いた。

お萩の住居の土間口から、すぐさま、銀次郎が出てきた。その位置から、隠宅の庭先の異変が、見えぬ筈がない。畑中を懸命に走って来る**杖三**をも、はっきりと捉えたであろう。

「旦那……旦那……旦那様あ」

杖三も走りながら息切れ切れに、叫んだ。それに応えるかのようにして、銀次郎は畑の中に飛び込むや走り出した。韋駄天走りの速さだ。たちまち**杖三**と銀次郎は畑中で出会った。

「旦那様、旦那様……」

杖三が隠宅を指差して喋ろうとするが、呼吸が乱れて言葉が出ない。

「**杖三**、お前は此処におれ」

銀次郎は受け取った大小刀を腰に帯びるや、畑の土を弾き飛ばして再び走り出した。

よりかたを守ろうと懸命な**浦**の鍬の柄先（えさき）が、相手に斜めに切り落とされた。

それを認めた銀次郎は目を血走らせ、口をへの字に結んで走った。既に彼の全身の血は、音を立てて泡立っていた。戦闘本能がキバをむいていた。

その銀次郎が次第に駆け近付いて来るのに気付いた侵入者四人の内の一人が、何やら叫んだ。

優勢に争っていたというのに、四人の変化は速かった。大波が引くかのように、生垣の外へ飛び出すや、当たり前でない速さでたちまち消え去った。

漸（ようや）く隠宅の庭先に入った銀次郎は息を弾ませ、顔面蒼白な**よりかた**をジロリと睨みつけたが無言だった。

銀次郎は「はあはあ……」と荒い呼吸（いき）で縁に腰を下ろし、申し訳なさそうな顔つきで近寄ってきた**よりかた**を、また黙って睨みつけた。

「迷惑を掛けてしまった。申し訳ない。この通りだ」

よりかたは、銀次郎に向かって深く頭（こうべ）を下げた。が、その詫（わ）び言葉を銀次郎は聞き流した。

彼は大きく深く息を吸い込んでから口を開いた。

「コトや」

「はい」

「畑の中の杖三を呼んでやっておくれ」

「わかりました」

「滝に浦、二人とも怪我は負ってねえか」

「大丈夫でございます」

と、滝が答えた。

「侵入者は、この俺を狙うのが目的であったのかな」

「いいえ。そうではないと断言できまする」

「なるほど。では、迷惑を掛けてしまった。申し訳ない……とたったいま謝ってくれた御仁が間違えなく狙われたって訳だ」

そう言って、漸くよりかたと目を合わせた銀次郎だった。

「おい。何処の誰か判らぬお前さんよ。もう二度と此処へは来ないでくれ。大迷惑だ。家人にもしもの事があったらどうするのだ。わかったかえ、よりかた殿とやら」

「わかった。もう来ないと約束する」

「そうかえ。なら、これまでとしよう。直ぐに帰ってくれ。襲われた恐怖で馬を忘れぬようにしなせえよ」

「うん」

よりかたはもう一度銀次郎に頭を下げると、井戸や厩のある裏手の方へ力ない足取りで姿を消していった。

杖三が戻ってきた。銀次郎は労りの声を掛けた。

「あんなに走って大丈夫かえ。心の臓によくないぞ。今日一日はもう何もしなくていいやな。体を休めなさい」

「百姓仕事で鍛えてきましたから、なあに平気でございますよ、旦那様」

「迷惑な客人はもう帰るよ。馬だがな、無茶な走らせ方をする御仁のようだから、ちょいと蹄だけは検ておやり。客人はいま厩の方へ行ったから」

「へえ、そうしてやりますでございます」

杖三は**コト**と連れ立って、**よりかた**の後を追うようにして姿を消した。

銀次郎の表情が厳しくなって、滝と浦を促した。

「二人とも居間へ上がってくれ。侵入者について詳しく聞きてえ」

「畏まりました」

三人は居間に入ると、障子を閉めて向き合った。

「侵入した奴等は遠目にも四人と読めたが、間違いねえかい」

銀次郎に見比べられて、滝と浦は「はい」と揃って頷いた。

「どのような奴等だった。お前たち二人とほぼ互角に争っていたと見えたが……滝から聞かせてくれ」

「お答えします。私が相手とした二人は、あれは侍ではありません。足捌きの速さ、軽さから見て充分以上に鍛練を積み重ねてきた忍び、と見ました」

「なにっ、忍びとな?……忍侍という意味で言うておるのではないのだな」

「ええ、忍侍の特徴は感じられませんでした。忍びの中の忍び、であろうかと思います」

「浦はどうだ?」

「私が相手とした二人も凄腕の忍びと見ました。単に足捌きが秀れていたのではなく、正統な剣法を心得ていた忍びであると感じましたけれど」

「正統な剣法……とな」

「はい。何流を心得ていたかまでは判りませぬが、私が変化業を交えて激しく打ち込んだ鍬をことごとく受け、あるいはあざやかに躱し、鎺のつまり私の鍬の柄先は物の見事に断ち切られてしまいました」

「ふむう……」

銀次郎は腕組をして考え込んだ。

滝がひと膝のり出すようにして言った。

「それに致しても銀次……失礼しました……旦那様。あの**よりかた**なる御仁ですが、殆ど剣術を心得てはおりませぬ。立派な体格をしておりますので馬鹿力はありそうにございますが、襲われた時の有様は、それはもう散散なものでございました。一体何者なのでしょうか」

「それよ、なあ。はじめの内は、大身旗本家で恵まれた生活に甘えておる道楽次男坊か三男坊と見ておったのだが……どうやら見方を変えなきゃあいけねえかも知れねえ」

「と、申されますと？」

「馬遊びで訪れたとしか思えねえ、俺の大事な隠宅の庭先で、あ奴（よりかた）が四人もの刺客に襲われたってのが、気に入らねえ」

「そう言えば、馬もなかなかの名馬、と見えなくもありません」

「それよ……」

銀次郎は目を閉じ、唇をへの字に結んで、カリッと奥歯を嚙み鳴らした。

「よりかたが何者であるかは、俺が調べてみよう。お前たちは俺が留守をした時の、この隠宅を守ってくれ」

「はい、畏まりました」

滝と浦の二人は揃って頷いた。

「それから、俺も杖三も仕方なく先程、畑の中を走ってしまった。畝をかなり乱してしまったことだろうよ。あれはお萩ん家の畑に違えねえ……謝らねばな」

「我我にお任せ下さい。杖三やコトと相談して、きちんと対処いたします。この件では旦那様は表に立たれませぬように……」

滝が物静かな口調で言った。

「それでいいかね」

「その方が宜しゅうございます」

「わかった。じゃあ任せる。済(す)まぬが、きちんと頭を下げてやってくれ」

「お任せ下さい」

滝はそう言うと、**浦**を促して部屋から出ていった。

「アッジャパー……」

銀次郎は声低くひと鳴きすると、手枕でゴロリと横になった。

三十六

次の日の朝早く、銀次郎は熟慮した上で**滝**(たき)と**浦**(うら)にそれぞれ役目を頼んだ。**滝**には昨日の『**よりかた騒動**』を頭領の黒兵(くろべえ)の耳に入れること、そして**浦**には『**よりかたの素姓**(すじょう)』を誰彼に気付かれぬようそっと探るように、であった。銀次郎は、『よりかた騒動』が生じたあとも終日、奴のことなんぞはどうでもいい、となるべく関心を抱かぬように努めた。余計な騒ぎに己(おの)れから首を突っ込みたくはない、という気持が、自分でも驚くほど強かったのだ。さすがにまだこれ迄の疲れが抜け切れていないのだな、と自分の案外な弱さに気付いたのだったが、今朝になって**よりかた**のことが急に気になり出した。その理由が、**滝**と**浦**が口を揃えて言った「あれは（襲撃者は）侍ではありませぬ……鍛練を積み重ねた**忍びの中の忍び**……」にあった。

大身旗本家の道楽息子が、賭場や遊廓で遊び惚けて金や女のことで問題を起こし、地回りに襲われる事件は珍しくもない。俺だって姐さん相手の拵屋稼業に手を染めてきた、と銀次郎も自覚している。それにしても合戦の無い平和な時代が流れるにしたがって、武士の自堕落は余りにも深刻だ、と彼は苦苦しく思ってきた。

いや、単に武士のみを指す問題ではなくなっている、と銀次郎は深刻に捉えてもいる。民の上に立って政治、経済を司どる政府（幕府）の重臣までが、取り返しのつかぬ日和見感染症に陥ってしまっている、と思えてならぬのだ。

右のようなあれこれに押されるようにして今朝、**滝**と**浦**に件の役目を与えた銀次郎だった。

滝と浦が隠宅から出掛けて半刻ばかり経つと、銀次郎は「俺も久し振りにひとり歩きをしてみるか……」という気になり出した。

「杖三かコト、いるかえ」

縁にぼんやりと座って、遠く畑中で忙しそうに動いている百姓たちを眺めていた銀次郎は、腰を上げ土間に向かって声を掛けた。

「へえ、杖三がいるでございます」

杖三が応じながら手拭いで手を拭き拭き土間に現われた。

「朝餉をまだ食していないが、これからちょいと出掛ける。コトに朝餉も昼餉もいらねえと伝えておいてくれねえか」

「はい。で、夜は如何なさいますかのう」

「夕餉までには帰ってくるよ」

「それからあのう旦那様。どちらへお出掛けなさりますのか聞かせてくれませんかのう」

「なんでえ。俺の出掛ける先を気にするなんざあ、いつもの杖三らしくねえな。どうしたい」

「滝様や浦様から言われているのでごぜえますよ。滝様や浦様のお留守中に、旦那様が動くようなことがあれば、必ず動き先を聞いておくように、と」

「おいおい、動き先とはまた、随分な言い回しじゃねえか。ははっ、まあいい。今日はな、拵屋稼業で忙しかった曽ての場所を二、三、まわってみてえのだ。拵屋稼業の意味、黒兵からまだ聞いていないかえ」

「いえ、教えて戴いてございます。なんでも旦那様はつい先頃まで、宵待草（夜の社交界）の姐さんたちの間で、それはもう大変な人気者であられたとか」

「なに、黒兵はそんな余計なことをくっ付けて言ってんのかえ」

あいつめ、と黒兵のその時の表情を想像しながら、思わず銀次郎は苦笑した。

が、杖三が少し慌てた。

「あ、いえ。奥方様（黒兵の隠宅での呼ばれ方）が仰った訳ではございませぬ。浦様が遠回しにやんわりとした言い方で……そのう……」

「いいやな杖三よ。気にするこたあねえ。とにかくちょいと留守をするぜ」

「旦那様あのう。必ず刀をお持ち下され。これはこの杖三が申しているのでごぜえやす、へえ……昨日みたいなことがまた、何処でいつ何刻……」

「判(わか)ったよ杖三。両刀は持っていこうかえ」

「有り難うごぜえやす……じゃあ、コトにも言って来やすので」

杖三はそう言い残して、台所の方へ小急ぎに姿を消した。

銀次郎は両刀を腰に帯びて隠宅を出た。実は両刀の他にも大事なものを一点、懐に入れていた。幼君家継(いえつぐ)から手渡されておりながら未だ目を通していない〝**ほんまるさんぼう**〟に関する冊子(さっし)である。この冊子は幼君が**白爺**(しらじい)（従五位下筑後守・新井白石）から預かり、負傷の床にあった銀次郎の胸に「読め……」とばかり置いたものだ。

漸(ようや)くこの冊子に目を通さねばと思い始めたのか銀次郎よ。

銀次郎は生垣の外の通りに出て、「今日はまた何(なん)と空の青いことよ……」と、満足そうに呟(つぶや)いて青空を仰いだ。小さな雲ひとつ浮かんでいない。

遠くの畑中で働く百姓の幾人かが、銀次郎に気付いて腰を折った。アッジャパーと鳴く鶉(うずら)で賑やかな**甲造**(こうぞう)**さん家**(ち)の百姓たちと判った銀次郎は、ひょいと手を上げ笑顔で返した。

視線を左へ振って、大きな一本杉そばの**甲造さん家**(ち)を見た銀次郎であったが、

お萩(はぎ)は表(そと)へは出ていなかった。

若くして亭主を病で亡くした身だが、明るく元気で健気(けなげ)な働き者だから、今日も留守を預かって忙しく動き回っているのだろう。なによりも二人の幼子、作一と作二が利発であるのがよい。母親が家のために一生懸命に動き回っているのを、幼い目で確(しっか)りと見つめているに違いない。

こういう子は、親思いに育ってゆくだろう。

などと思いつつ銀次郎は足早に動き出した。一体何処へ行こうというのか。生家の桜伊(さくらい)屋敷か？

いや、今日も彼は、麹町(こうじまち)に在(あ)る桜伊邸への関心は薄かった。

拵屋稼業で多忙であった頃の懐しい多くのものが、幕府の権力によって既に消し去られている。好むと好まざるとにかかわらずこの俺は着着と『権力に都合のよい人間』に仕立てられつつあるのだ、と痛く感じている今日この頃の銀次郎だった。

拵屋稼業の塒(ねぐら)であった**山元町・小便路地**そばの古い一戸建も、現在(いま)は跡形もない。

その古い一戸建の格子窓の下に敷かれてあった半畳の青畳、それが拵屋銀次郎の看板だった。宵待草（夜の社交界）の綺麗な姐さんたちの丸い尻が、その半畳の青畳をやさしく温めたものだ。酒を呑み交わし、化粧もしてやった。それが何処へ消えたのか今は無い。

小川に架かった木橋を渡り、近道の路地を抜け、できるだけ裏通りを急ぐ銀次郎だった。こざっぱりとした着流しに、鞘に金色の葵の御紋が刷り込まれている両刀を帯びた姿を、誰彼に見られたくなかった。正直、鞘の葵の御紋は負担であり不快だった。だからと言って消し取ってしまう訳にはいかない。葵の御紋を拒否するということは、将軍に背を向けたと取られかねない。

それはともかく、拵屋の銀次郎と言えば、宵待草の姐さんたちに限らず、夜の裏社会や町奉行にまで知られていたのだから、昼間の江戸を狭く感じるのは仕方のないことだった。

今朝の銀次郎は、胸の内にずっと引っ掛かっていた所を、訪ねようとしていた。自身の余りに急激な環境の変化と、激しい任務の連続で、これ迄はその場所を思い出しもしなかった。その事を悔やむことが多くなっている昨日今日の銀次郎だった。申し訳ない、という強い思いで今、彼は歩みを急がせていた。

表街道の裏道にひっそりと在（あ）る小さな神社の前を通り過ぎたとき、銀次郎は急に空腹を覚えた。

「朝飯は食ってくるべきだったかのう……」

呟いた彼であったが、裏道が表街道とイの字形につながった直（す）ぐ先の角に、あさめしやと書かれた板切れが軒下で風に揺れているのに気付いた。軒下には薄汚れた白提灯（しろちょうちん）二張（ふたは）りが、矢張り風に吹かれて泳いでいる。

「これはまた有難い。ともかく腹を満たしておくか……」

そう思うと、更に空腹が気になり出してたまらぬ銀次郎だった。

急いで店前に立った彼は穴だらけの腰高障子を、ガタガタいわせて開けた。

日当たりの悪い薄暗い店の奥には、旅人に見える男女の先客が幾人かいた。

焼魚と根深汁（ねぶかじる）の匂いが漂っている。

銀次郎は、店に入って直ぐの床几（しょうぎ）に腰を下ろした。

少し腰の曲がった老婆が、古い小盆に湯呑みをのせ、よたよたと銀次郎の傍（そば）にやってきた。

「朝飯を頼む。お任せ、でよい」

「飯の量は？」

と、ひどい嗄れ声だ。にこりともしない。

「やや多めにな」

「へえ……」

老婆は床几にコトリと音させて湯呑みを置くと、調理場へ下がっていった。湯呑みの中は白湯だった。

「お任せだと……」

「お任せ、はいよ」

調理場から老いた男女の嗄れ声が聞こえてきたので、銀次郎は思わず苦笑した。なんだか大層な朝飯が出てきそうな、調理場での力んだやり取りだったからだ。

老婆が再び調理場から現われて、足もと頼り無さ気に銀次郎の床几に近寄ってきた。

なぜか今度はニコニコしている。

「旅かね？」

「ん？……」

「旅かね？」

「あ、まあ、そんなところだよ」

「何処へ行くかね？」

「何処って……ちょいと遠くの方へな」

「駄目じゃ駄目じゃ。そんなに遊び惚けて年齢の老った親を泣かせたら……どうせ品川遊び（遊廓遊び）じゃろが」

「な、なに……」

と、銀次郎が目を丸くすると調理場で、「へいよ、お任せ、一丁あがりい……」と元気な嗄れ声があった。

老婆が調理場へと下がってゆき、盆にお任せの朝飯をのせて戻ってきた。

銀次郎の目には、ごく普通の朝飯にしか見えなかった。御飯に根深汁に小鰯の干物の炙ったのが三本、それと漬物の小皿だ。

老婆が目を細めたニコニコ顔を、銀次郎に近付けて囁いた。

「味噌汁の底にな、甘煮の田螺を三つ四つ沈めといたけんな……〝田螺の朝飯〟

はちょっと高いぞ。ひひひっ」

老婆は首をすくめて笑い、調理場に消えていった。

銀次郎の胸の内で、ほのぼのとした笑いが弾(はじ)けた。と、同時に、よく気が利く隠宅のコトの笑顔が脳裏に甦(よみがえ)ってきた。

彼は、箸を手に取って、先(ま)ず小鰯の干物をつまんだ。実は、大好物なのだ。けれども、その大好物を口へ運ぶよりも先に、彼の目は視野の端で不意に腰を上げた旅姿の男を捉えていた。薄暗い店の奥に幾人かいた先客の内の、背中をこちらへ向けていた男だった。

銀次郎は箸でつまんだ小鰯の干物を皿に戻した。箸はさり気(げ)なく手にしたままだ。

先端が鋭利な箸(それ)は、銀次郎の手にかかれば万が一の場合、強力な武器となる。

立ち上がった旅姿の男は直ぐに背中の向きを変えると、薄暗い中を銀次郎の方へ迷う様子も見せずゆっくりと近付いてきた。

「お……」

銀次郎の口から小声が漏れた。それまでの表情に、驚きが控え目にだが広がっていた。

旅姿の男は銀次郎の前まで来ると、まわりを憚る様子も見せず、黙って深深と頭を下げる。

「これはまた意外な所に、意外な男が現われたものだな。四国・大洲での御役目では随分と世話になった……ま、座りねえ」

銀次郎に声低く促された旅姿の男は、〝田螺の朝飯〟を挟むかたちで向き合い、床几に腰を下ろした。

「本当にお久し振りでございます。大変にお辛い御役目を次次と完うなされましたること、我らの耳に一つ一つ確りと届いてございまする」

旅姿の男も小声であった。小柄でほっそりとした顔色あまりすぐれぬ弱弱しい印象の男だ。が、目つきは鋭い。

「四国・**大洲城下の駅家**『**道造**』（徳間文庫『俠客』〈五〉に登場）を閉じたか留守にしての江戸入りなのか、**山端道造**よ」

「留守にせねばならぬ大洲の**駅家**『**道造**』は、配下の**平作**と**権八**の二人に手渡してきました。我らは今朝早くに江戸市中に入ったばかりでございます。表街道を一歩入ったこの小さな薄暗い朝飯屋で、この山端道造まさか銀次郎様にお目に掛かれるとは思ってもいませんでした」

「まったくよなあ。まるで遠い御伽国(おとぎのくに)から突然降って湧いたように現われてくれたじゃねえか」

銀次郎は言葉の終わりを少し崩して言い終えると、朝飯を食べ出した。

「腹が減ってんだ。行儀が悪いが飯を食べ食べの話を許しておくんない」

「お食事のお邪魔をしたようで申し訳ありませぬ。ゆっくりと食して下さい」

「**平作**と**権八**なあ、よく覚えてるぜい。二人とも元気にしてんのかい」

「元気に致しております。御役目にも忠実でございまして、**駅家**(うまや)『**道造**』の主人(あるじ)としての資質は充分以上にございます」

「なるほど……それで今、二人に手渡してきた、と言ったのだな」

「左様でございます」

「で、どちらを**駅家**(うまや)『**道造**』の主人(あるじ)にしたのだ。平作かえ、権八かえ」

「**駅家**(うまや)『**道造**』の名称は変えずにそのままとし、平作と権八を二人主人(ふたりあるじ)つまり協同主人(きょうどうあるじ)と致しましてございます。これにつきましては**頭領黒兵**を経まして目付筆頭和泉長門守様（銀次郎の伯父）の裁可を頂戴してございます。現在やこの山端道造は、**駅家『道造』**の元主人でしかない立場でございまする」

「おい」

「は……」

「**駅家『道造』**の元主人**山端道造**、てめえ……」

「は、はい」

手にしていた飯碗と箸を盆に戻した銀次郎の目が、ほんの一瞬ではあったがギラリと凄みを覗かせたので、**四国黒鍬**の頭とも言われてきた山端道造の背すじが凍った。

だが、銀次郎の表情は、直ぐに穏やかになった。そして、やわらかな口調でこう言った。

「今頃になって言うのも何だが……。山端道造お前、色色と俺を謀りやがったな。そうであろう」

「申し訳ありませぬ。四国黒鍬を事実上治めてきました私は、絶対に油断を見せてはならぬ立場でございました。それゆえ如何なる御方に対してであろうと、謀り術を用いることがございます。何卒ご容赦下さりませ」

「ふん、謀り術ときたかあ……で、どういう性格の野郎に対して用いることが多いのだえ？」

「べつに決まってはおりませぬ。直観が瞬間的に働いたとき、と言うほかございませぬ。ただ、我ら黒鍬にとって絶対にスキを見せてはならぬ相手、の性格というのは決まってございます」

「聞こう」

「口の軽い奴、饒舌な奴、よく笑う奴、他人への関心が強すぎる奴……男女を問わず、です」

「なんでえ、それは……面白くも何ともねえな。そこいら中に**ごまんと**いるじゃねえか」

「はい。だからです」

「だからです、だとう……」

「けれども銀次郎様に対して幾つか放った私の謀り術は、実は私のものではございません。これは上からのお許しが既に出ていますから打ち明けますが、私が銀次郎様に向けて放った謀り術は全て、頭領黒兵の指示によるものでございます」

「なにっ」

銀次郎は絶句し思わず山端道造を激しく睨みつけた。

「お前、いま言ったこと間違いねえな。謀り言葉じゃねえと誓えるな」

「事実を申し上げました。お誓い致します」

「俺はなあ道造よ。今日までの辛い御役目を遣り遂げる中でよ。四国・大洲でお前やお前の配下から聞かされた**アレ**も**コレ**もが真実でもねえし、事実でもねえと徐徐に気付き出していたんだい」

「銀次郎様のことゆえ、いずれは私の謀り言葉を見抜かれるであろうと覚悟は致しておりました。腹を切る覚悟は既に出来てございます」

「馬鹿を申すな。お前に腹を裂け首を切れなどと命じることが出来るのは、頭領黒兵か俺の伯父である目付筆頭くれえのものだ。それよりも道造、この場にて俺が先ほど言った**アレ**や**コレ**やの一つ一つについて真偽を確かめておきてえのだが」

「神妙にお受け致します。本日只今の駅家『道造』の元主人、山端道造は銀次郎様に対し真実しか申しません」

小声を一層のこと抑えて、真剣な顔つきの山端道造だった。因に、駅家について念のため、簡単に再度ここで述べておこう。

地方に置かれている**国府**（こくぶ、とも）と称する**官庁**（政庁とも）から、次の**国府**までは宿場などの諸施設が備わった**街道**（駅路という）で結ばれている。この街道の四里（一六キロメートル）ごとに設置されている**駅伝制の駅施設**を**駅家**と言った。わかり易く言えば、駅伝制街道に備わった**中継所**である。中継所の（駅家の）開かれた門内には、**馬丁**の（駅子の）宿泊・食事施設や馬具・食糧などの倉庫が調っている。

「じゃあ答えて貰おうかえ」

と、銀次郎の口調も表情もなぜか、急にやわらかくなった。かえって山端道造の方が顔を強張らせた。

「お前さん家、つまり山端家はかつて大洲藩の御馬預をつとめた武士、と聞いたが、そうじゃあねえな」

「はい。山端家は、先代も先先代も黒鍬でございます」

「矢張りな……で、今も名を覚えている若い三人の娘、**お葉**、**お杉**、**お房**〈徳間文庫『侠客』〈五〉に登場〉は、お前さんの娘と聞いたが、これもそうじゃあねえな」

「女黒鍬でございます。しかも三人とも有能でございまして、只今、あの奥の席で目立たぬよう朝餉を取ってございます」

そう囁いて奥の席を振り向いた山端道造であったが、銀次郎はべつに、その方へは関心を示さなかった。

「あと確認してえことは、一つだ……」

「いえ、銀次郎様。あと一つ、ではなく、更に二つ三つございます」

「俺にとって確かめてえことは、あと一つなんでい。他のことはどうでもいい。**凄みの黒兵**こと黒鍬の女頭領黒兵だが、お前とは血のつながりなんぞはねえ、と俺は睨んでいる。これについては、どうなんだ」

「はい。頭領とは全く血のつながりは、ございません。本当に申し訳ありません。銀次郎様が頭領に近付き過ぎぬように、と私の一存で打ち放ちましたる謀り策にございます」

「それって、黒兵は承知しているのかえ」

「事後報告ではありますが、致しました」

「ふん……」

銀次郎はチラリとだが口元に苦苦しい笑みを見せると、箸を手に取り味噌汁の底に沈んでいる田螺を一つ、口に入れた。

「銀次郎様……」

山端道造が銀次郎の方へ少し体を傾けて囁いた。

「私は確かに、頭領黒兵と血のつながりがある、と銀次郎様に申し上げました。これは銀次郎様のことを思って申し上げたのでございます」

「どういう意味でえ……」

と、銀次郎は田螺をむしゃむしゃやりながら、箸を置いて相手の目を見た。

「頭領に不用意に近付き過ぎると、危険だからでございます。銀次郎様の身の安全のために、思い切って申し上げた嘘にございます。ご容赦ください。これまでの様様なる黒鍬活動におきまして、**凄みの黒兵**の名状し難い魅力にひかれて接近し過ぎ、その結果この世から姿を消した剛の者が六名おります」

「なに……」

　薄暗い朝飯屋のなかで、銀次郎の顔色がさすがに変わった。

「消された、と言うのか」

「はい」

「誰にだ。黒兵自身の手で消されたのか」

「頭領黒兵は、そのような仕事は自らの手でなさいません」

「誰かにやらせた、と言うのだな」

「いいえ。そう言ったことは頭領の知らぬ内に、頭領の知らぬ場所で実施されるのでございます」

「**凄みの黒兵**には、そのような暗殺班が目立たぬよう張り付いて常に目を光らせている、ということなのか？」

　銀次郎は囁きながら、背中にジワリと噴き出す汗を覚えた。

「はい。そう思って戴いて間違いありません」

「その連中はつまり黒兵の身辺警護役でもある訳だ。そうだろう？」

「いいえ、**凄みの黒兵**には、身辺警護役などは必要ございません。立ち向かう者あらば頭領の一撃で殺(や)られましょう。邪(よこし)まなる湿った色目で頭領に触れようとするうるさいハエやハチを、叩き払うのが暗殺班の役目です」

「おい、山端道造……」

「はい」

「その暗殺班を操る者、つまり先導役は誰なんでえ。決して口外はしねえ。知っているなら教えてくれ」

「…………」

「その顔つきは、知っているな。誰にも言わねえ、教えろ」

「…………」

「四国では、お前の細かい配慮や支援の御蔭で俺は辛い御役目を、血まみれとなって遣り終えた。その俺の信頼ってえのは、お前が返答を渋るほど小せえのか」

「いいえ。今や黒鍬における銀次郎様への信頼感には、絶大なものがございます。それは黒鍬組織全体にまぎれもなく確りと染み渡っております」

「ならば教えてくれ。**凄みの黒兵**に目立たぬようそっと張り付いている暗殺班とかの**差配**（命令者）は誰なんでい」

「…………」

「おい山端、貴様……」

銀次郎の低く抑えた声にドスが満ちた瞬間、山端道造は喉仏を大きく上下させた。

「判りました。申し上げます。但し、くれぐれも絶対守秘を……」

「約束する。破ったら俺の首をお前の刀で打ち落とせ」

「暗殺班は有能な差配および副差配の二人の下に置かれております。総員十名でいずれも選りすぐられた精鋭です」

「十名か……それくらいが最も統制的に動かし易いかもな。で?……」

「差配と副差配の名でありますが……」

そこで山端道造は言葉を休め、また喉仏を上下させた。

「大丈夫だ。何の心配もいらぬ」

銀次郎の口調が、労るかのように優しくなった。

山端道造がこっくりと頷いてから、ひと息を呑み込んで囁いた。

「差配の名は滝、副差配は浦と申し、共に礫打ちの名手でございまする」

聞いて銀次郎は思わず呼吸が止まった。頭の頂で生じた大衝撃が、喉の下あたりまで走って爆裂したかのような感じがあった。

「銀次郎様、あのう……」

山端の顔に不安の色が広がった。

「**滝**に**浦**だな。わかった。胸の内にとめておこう。誰にも言わねえ。それよりも山端、お前なぜ江戸へ出て来たのだ。三人娘の他にも男衆がいるようだが」

そう言って店の奥の床几へチラリと視線を流す銀次郎だった。

「頭領黒兵からの急な指示でございます」

「と言うことは、御支配和泉長門守（銀次郎の伯父）の指示でもあるな」

「左様にございます」

「つい最近のことだ。江戸城本丸の遠侍（とおざむらい）玄関前に賊が入りやがった」

「はい。既に耳に入ってございます。銀次郎様の圧倒剣にて賊は殆ど一撃のもと倒されたものの、銀次郎様も御床（おとこ）に就（つ）かれました。我ら大変案じておりました」

「うむ。この通り、もう大丈夫だ。それよりも賊は上様を狙ってか本丸庭園の奥深くに在（あ）る**地震の間**付近にも忍び込みやがった。これらの賊は黒鍬衆が三名の犠牲者を出して討ち取ってくれたが……」

「それですが……実は銀次郎様……」

「ん？」

「**地震の間**付近の攻防戦で生じましたる黒鍬の犠牲者は、三名ではなく**八名**でございまする」

「えっ……」

「更には、庭内お見廻りの番士**五名**も、賊の凄まじい剣にて倒されましてございます。余りにも我が方の犠牲者が多過ぎますため老中・若年寄会議にて、**犠牲者は三名**、を表向きの数としたのでございましょう」

「なんてえことだ。俺の耳には全く入っていねえ……」

「おそらく銀次郎様のご体調を思って、お耳に入れなかったのではありますまいか。いえ、そうに違いありませぬ」

「うぬう……黒鍬が八名も倒されたとは、痛手であるな。幹部級が倒されたのか？」

「はい。黒鍬として失ってはならぬ手練中の手練たちでございました。副頭領格の者が一人、含まれておりまして」

「それでは補充するにしても、余程に練達の黒鍬でなければ勤まらぬな」

「ええ、その通りです。その結果、我ら四国黒鍬に白羽の矢が立った、という訳で……」

「そうか。山端道造とその配下が、城中警備に加わることになったのか。**幕翁**(ばくおう)と言う巨大な**黒い反幕的稲妻**を討ち倒しはしたが、それ以降も**刺客**だ**賊**だと次次に現われやがる。どうにも落ち着かねえ……妙だと思っている。だから道造よ。決して油断しねえようにな」

「ご心配、有り難うございます。四国の峻険(しゅんけん)な山山で鍛(きた)えし我ら四国黒鍬の業(わざ)を、確りと御役目に役立てまする。それに致しましても銀次郎様、**幕翁**を討ち倒してからも次次と出現する**刺客**や**賊徒**につきましては我ら四国黒鍬の耳へも届いておりますが、若(も)しや其奴(そやつ)らは**幕翁**の残党ではありますまいか」

「それについては、この俺も、考えはした。だが今は、**違うな**、だ。**幕翁**こと前(さき)の老中首座**大津河安芸守忠助**(おおつがわあきのかみただすけ)は東近江国(ひがしおうみのくに)、湖東藩十二万石の藩主であったが、藩の**実収入**は二十万石とも三十万石とも言われてきた。その意味では彼は名君であったと言えるのかも知れない。城下町はよく整備されていたし、田畑の実りは豊かで人人の表情は穏やかだった。藩の実収入が三十万石だとすれば、徳川御三家の一、水戸徳川家三十五万石に匹敵する。まさしく大大名だ」

「はい、まさしく……」

「幕翁はその豊かな経済力を平和のために用いようとはせず、己れの私欲天下掌握に向けてしまった。しかも彼は全く気付いていなかった。己れは名君であったのかも知れぬが、その名君を支える土台に有能な人材が殆ど揃っていなかったことに……」

「土台としての有能な人材が……」

「だから俺は幕翁を倒せたのだよ。俺の腰の大小刀は徹底的に幕翁の土台を狙い討った。これにより大津河安芸守はもんどり打って自ら地面に叩きつけられたのだ。俺はそう思ってこれ迄のことを振り返って眺めている。だから確信を持って言えるのだな。大津河安芸守崩壊後に次次と出現する刺客や賊徒は、決して彼の残党ではない、と……」

「残党を組織する中心人物には知恵も胆力も人望も必要になってきましょうからね」

「それだよ。大津河の配下には、そのような人物は見当たらなかった、と思っている」

銀次郎は小声でそう告げると、床几に飯代を置いて立ち上がった。

「道造、体に気を配って勤めに励めよ。広大な江戸城中で出会うことは先ず無えだろうが、出会っても知らぬ振りを心得てくれ。いいな」

「畏まりました」

山端道造も腰を上げ、小声で頷いてみせた。

三十七

道造と朝飯屋で別れた銀次郎は、真っ青に晴れ渡った空の下を急いだ。

人の往き来が多い表通りをなるべく避け、静かな裏通りを選んで銀次郎は急いだ。なぜか妙に急いた気分に陥っている、と自分でも気付いている彼だった。この急いた気分は、若しや胸騒ぎか、とも思った。

「思いがけず山端道造らに出会うたせいかも知れぬな……」

命令一本で遠い四国から江戸へ呼びつけられた彼らに同情する気持が、銀次郎にはあった。自分もまた、一本の命令とか辞令で御役目遂行のため東奔西走してきたからだ。そしてその先には必ずと言ってよいほど、恐ろしい死の淵が待ち構えていた。江戸城**地震の間**の攻防戦で手練八名もの殉職者を出してしまった黒鍬。その補充として江戸詰めを命ぜられた四国黒鍬の手練たちも、いずれは賊徒と正面衝突して血泡の底に沈むのでは、と重苦しく銀次郎は感じていた。

裏通りを右に折れ、銀杏の巨木が高く聳える次の角を左へ曲がった銀次郎は、日差しを浴びて水面をキラキラと輝かせる不忍池が、目の前に広がっていた。強い眩しさで思わず目を細めた。

「そう言えば、この位置から不忍池を眺めるのは、初めてだなあ……」

銀次郎は額に手を翳し、眩しそうに目を瞬いて右手方向から左手方向へと視線をゆっくりと動かした。

「ん？」

銀次郎の視線が動きを止め額に翳していた手を下ろした。いや、表情も何かに憑かれたように止まっていた。

「ない……どういうことだ」

顔色をはっきりと変えて呟いた彼は、次の瞬間、駈け出していた。

彼にとって非常に大切なもの、自身の『**人生の場**』と称してもよいほどに大事なそれが、在るべき所から消えていたのだ。

忽然と消滅——そう捉えてもよい程の衝撃を受け、銀次郎は不忍池に沿って走った。

そして彼は、体を震わせながら、一本の雑草すら見当たらない乾いた空地の中に立った。

「ないっ」

銀次郎は周囲を見まわして、呻くように声低く叫んだ。目を大きく見開いていた。

この場所には、江戸の剣術界にその名を知られた、無外流の大道場があった。

その大道場が、消えていた。痕跡さえも残っていない。

（幕府権力は、俺にとって最も大切な人間修行の場まで、消しやがったのか……）

銀次郎はそう思って、歯を嚙み鳴らした。怒りが腹の底から込み上がってきた。振り返る迄もなく、幕府の苛酷な任務に就くようになってから、無外流剣法の恩師**笹岡市郎右衛門**先生のことを、思い出しもしなくなっていた毎日だった。とくに幕僚として高い地位に就いて特権階級の人人との交流が増えてからというもの、己れが無外流の剣客であることさえ、忘れかけていた。

修練を積んだ大道場も恩師や剣友の姿も見当たらないこのだだっ広い空地で、その情けない己れの姿が漸くのこと銀次郎には見え始めていた。幼将軍家継様、将軍ご生母月光院様、きらびやかな大奥の女中たち、老中若年寄などの権力集団、幕政の最高執政官新井白石、市井の人人では絶対に会えないそういった『**別世界の人人**』と付き合いを深めるあまり、俺は大切なものを失ってしまった、と思う銀次郎だった。

「くそっ……」

と、銀次郎は吐き捨てた。青空を仰ぎ、呼吸をひと息ふた息と吸い込んだ彼は、

「むむ……」と呻いて力なくうなだれた。

空地の東の端に、道場の若い門弟たちが稽古の後にわいわいがやがやと入るこ

とが多い甘味茶屋『ぜんざい家』があった。小造りな二階屋だが、二階から眺める不忍池の景色に人気があって店は大層はやっていた。酒豪にして甘味も好きな銀次郎も、しばしば愛用してきた店だった。

燦燦と降り注ぐ朝陽を浴びて、店を開ける準備をしていた『ぜんざい家』の主人らしい親爺が、空地にひとり突っ立っている銀次郎に気付いて小首をかしげた。

そして、店の中へ小声を掛けたようだった。

『ぜんざい家』から、若い娘が出てくると、親爺は銀次郎の方へちょっと顎の先を振ってみせた。

若い娘が銀次郎を見て、「まあ……」と驚いた様子を見せた。

彼女は直ぐに行動に移った。小急ぎに空地に入り、銀次郎に近付いていったのだ。

銀次郎のことはよく知っている、という自信にあふれた娘の近寄り様だった。

近付いてくる人の気配に、力なくうなだれていた銀次郎も気付いた。

「桜伊様……」

「おお……みさきちゃん」

銀次郎は娘の名を覚えていた。そして素早く彼は、微笑んだ。道場消滅の背後に幕府権力が絡む暗愚な策が潜んでいるなら、市井の誰に対しても暗い表情は見せられないと思った。咄嗟の判断だった。

「随分とお久し振りですね。ごぶさた致しております」

「そうよな。こちとら何かと忙しくってよ。西へ東へと飛び回ってたんだい」

『ぜんざい家』に入った時は必ず、みさきちゃんとべらんめえ調で交わしてきた銀次郎だった。

「あの、父ちゃんが熱い茶でもどうですか、と言うてるんですけど」

「有り難え、遠慮なく戴こうかい」

二人は肩を並べて『ぜんざい家』に向かった。二人の様子を見守っていたみさきちゃんの父親四郎助が、にっこりとして丁寧に腰を曲げたので銀次郎も頷きを返した。

三人は揃って開店準備中の店の中へ入った。

銀次郎は調理場から漂ってくる甘ったるい香りを懐かしく感じ、気分を少し和ませた。

「おい**良江**や。桜伊様が久し振りに来てくれはったで……」

「おやまあ、桜伊様が……」

四郎助が調理場へ声を掛けると、明るい声が返ってきた。この店の女将で四郎助の女房の声と判る銀次郎だった。四郎助も良江も共に上方の人間とかで、十八、九年前に江戸へ出てきて『ぜんざい家』を始めたという。

「それはそれは、ようこそ来てくれはりました」

そう言いながら前掛け姿の良江が、調理場との仕切りになっている長暖簾を二つに分けて丸い笑顔を覗かせた。額の皺が目立っているが、みさきの顔そのままだ。疑いようもなく、みさきの母親だった。

「旨い茶をな……」

と四郎助が言うと、「はい」と応じた良江が付け加えた。

「桜伊様。昨夕のぜんざいの**残り釜**がほんの少しありますんやけど、ぜひ味おうてみて下さい。舌に後悔はさせませんよってに」

「そうか。ならば遠慮なく……すまねえ」

「直ぐにお持ちしますよって、小上がりで休んでおくれやす」

「うん」

「さ、さ、桜伊様……」

四郎助に促された銀次郎は、格子付きの窓から外が見られる席で胡座を組んだ。

みさきが母親を手伝うためであろう、調理場へ姿を消した。

「親爺さんも座んねえかい」

銀次郎に小声で言われて、「へえ……」と四郎助は柔和な笑みを顔いっぱいに広げ銀次郎と向き合った。

「親爺さんにちょっと訊きてえんだが、笹岡市郎右衛門先生の無外流道場は、いつ、どのような理由で消えちまったんだい。知ってんなら教えてくれ」

矢張り小声を改めぬ銀次郎であった。

「へ？……」

四郎助の表情が、硬くなった。それまでの柔和な笑みが消え、顔色も変わっていた。

「へ？　じゃあねえやな。無外流道場は、いつ、なぜ消えたのか、と訊ねたんでい」

「桜伊様……あなた様は……」

「どうした？」

「あなた様は無外流道場で笹岡先生より**首席皆伝**を授けられ、また**師範代**でもある、と認められた御方ですやんか。このことは不忍池のあの店この店に、知られ過ぎる程に知られているんですけど」

「おい、前口上はいい。俺の問いにだけ答えてくれ」

「驚いているのでございますよ。無外流道場に襲い掛かった衝撃的な事件をご存知ありまへんのですか桜伊様」

「なにっ。どういう意味だ。道場に何があったのだ」

「あれは何時の事でありましたかなあ……」

　そこで小声を止めた四郎助は、窓の格子を左へいっぱいに引いた。外がよく見えるようになって、朝陽を浴びた不忍池の眩しさが、格子窓の内にまで射し込んできた。

　四郎助が格子窓の彼方、不忍池の対岸に見えている粋な黒塀と見越しの松で知られた老舗の料理屋（料亭）を指差した。

「ん？……おい親爺さん、あれはいい仲居が揃っていることで知られた『忍川』じゃねえか。あの店がどうした」

「その夜、笹岡市郎右衛門先生は、『忍川』で幾人かの剣友たちと会い、盃を交わしながら江戸剣術界の問題点について話し合うことになっていたと言います」

「………」

「古参の、しかしまだ年若い寄宿生赤木田雄之進様が先生の供を引き受け、御二人は大勢の寄宿生たちに見送られて道場を出られはったそうで……」

「赤木田雄之進な。なかなか見込みのある剣のスジをしておった。父親が旗本家の用人である家の四男坊だ。それに確か、彼は**茶問屋『益田屋』**に婿入りすることになっていた筈だ」

「へえ、その赤木田様が笹岡先生のお供をしはりまして……」

「お供はもういい。その先を話してくれねえか。先を知りてえ」

「その御二人が斬殺されはったんですよ桜伊様」（徳間文庫『俠客』〈四〉）

「なあにいっ」

思わず声が高くなって、眦をぐいっと吊り上げた銀次郎だった。その余りの見幕に驚いた四郎助が、両の肩を小さく窄め視線を落とし気味に呟いた。

「私が申し上げることは桜伊様、皆、この店に来た客たちがひそひそと囁き合っていたのを耳にしたことでおますさかいに……私自身が調べあげたことでは決しておまへんので」

「当たり前だ。そんなこたあ判っている。それにそんなこたあ、どうでもよい、も少し詳しく話してくれ。早く……」

「御二人が何者かに斬られはったんは、**湯島天神裏門坂通り**のあたりらしいという噂でして」

「あの辺り、夜は暗え。それに**茶問屋**『**益田屋**』に近いな……」

「へ、へえ。なもんで、御二人は『忍川』へ行く途中に、何らかの用で赤木田様の婿入り先へ立ち寄ろうとしはったんではないかと……」

「で、どのような激戦だったんでえ。下手人は何人が倒されたんだ。噂でいいから聞かせてくれ」

「それが御二人とも一方的に斬られはったようで……刀は共に鞘から一分も出て

いなかったと言います」

「なんてことだ……有り得ない。信じられん」

「血の海の現場には、下手人の痕跡なんぞ全く残っていなかったという噂ですねんや」

「道場はいつ、誰が跡形も無く消してしまったんだ」

「笹岡先生が斬られはった、という噂が流れ出して四、五日と経たぬ内に、幕府の厳しい御役人たちが幾人も道場に出入りしていたかと思うと、大勢の人足がやって来てアッという間に道場は消えてしまいましたんや」

「先生の御家族の噂は耳にしなかったか?……」

「なんでも奥方様の生家である小田原へ、幕府の御役人の手で丁重に送られたとか」

「くそったれが……この俺の何一つ知らねえ内に次次と……」

銀次郎は蒼白な顔で、下唇を強く嚙みながら、重大事を教えてくれた親爺をわけもなく睨みつけた。

いつの間にか、調理場から出た所で、良江、みさき母娘が茫然と立ち尽くしていた。

三十八

日が小高い森の向こうに落ちて見えなくなった。夕焼け色が薄く広がった空に、月が白く浮かび出している。

銀次郎は隠宅の前——生垣の手前——に熟っと佇んでその月を眺めた。

居間の閉じられた障子の向こうで、燭台——大蠟燭を立てた——の明りが揺れている。それは銀次郎の目には見慣れた明りの強さだった。

銀次郎が外出中の夕方以降、居間に明りを点すのは**杖三**か**コト**の役割だった。その際に点すのは燭台ではなく、古伊万里の油壺の小明りと決まっている。

暫くの間、銀次郎は何事かを考えるかのように、夕空に浮かぶ白い月を、思案顔で眺めていた。

居間に点されている明りが、油壺ではなく燭台だということが、誰か客が訪れていると銀次郎に判らせていた。にもかかわらず、彼の足は生垣の外で動かない。

と、薄暗い土間口から**杖三**が鋤を手に現われた。一寸先も見えぬ闇にはまだ程遠かったから、庭の方へ行きかけた**杖三**が、生垣の外の銀次郎にすぐに気付いた。

「おや、旦那様。お帰りでございましたか」

声を掛けながら**杖三**が小急ぎに近寄ってきたので、銀次郎は「うむ……」と頷いて生垣の内へ移った。

銀次郎に掛けた**杖三**の声は、燭台の明りがやわらかく揺れている障子の内へ伝わっている筈なのに、人の気配もなければ障子が開けられる様子もない。

「あのう、奥方様（隠宅での黒兵の呼ばれ方）が先程お見えになりましてございます」

「そうか……**滝**と**浦**は？」

「はい。お二人とも昼八ツ半頃（午後三時頃）に前後して戻られ、いま忙しくしている**コト**の台所仕事を手伝っております」

「判った。鋤なんぞを手にして、これから畑か？」

「へえ。**コト**が大根を二本ばかり、と言うもんで……」

聞いて銀次郎は柔和な笑みを見せ、杖三の肩を軽く叩いてから土間口を静かに入った。

なるほど奥の台所では、掛け行灯（柱に掛けた行灯）の薄明りの中で、こちらに背を向けた女三人が竈に乗った大きな煮鍋を覗くようにして笑顔で賑やかに話し合っている。土間に入ってきた銀次郎に気付きもしない。

昏の端で苦笑した銀次郎は、居間と土間を仕切っている閉ざされた障子を、静かに開けた。

黒兵が心得た表情と作法で三つ指をつき、「お帰りなされませ」と淑やかに銀次郎を迎えた。

銀次郎はそれには一言も応えず、いや、むしろ冷やかに一瞥をくれただけで床の間に歩み寄り大小刀を刀掛けに横たえた。

黒兵は頭を下げた姿勢を、改めなかった。大奥女中の着物を着たその姿は、一見華やかに見えるが、今日はどことなく黒兵らしくない……銀次郎の目には、そう見えた。

どこか疲労しきっているように窺えたのだ。

銀次郎はまだ頭を下げたままの黒兵の背後を、広縁へと近付いて障子を勢いつけて開けた。

受け柱に当たった障子が、パンッと大きな音を立て、黒兵が漸く面を上げた。

「黒兵、ここへ来て月を眺めぬか。白い月じゃ」

銀次郎はそう告げると、広縁に胡座を組んで夕空を仰いだ。

黒兵は「はい……」と小声で応じ、土間との間の仕切り障子を閉じようとした。

「開けておけ。滝と浦に命じて酒と肴を持ってこさせよ。盃は一つでよい」

「畏まりました」

わざとそうしているのか、銀次郎の口調はブスッとしたものであった。だが黒兵はそよ風に吹かれる柳の小枝のようにふわりと腰を上げると、縁頬へと寄っていった。

その気配を察せられぬ滝と浦ではない。台所を離れて小急ぎに頭領の前までやってくると、先に銀次郎への挨拶を揃って丁寧に済ませてから、頭領から言葉静かな指示を受けた。

白い月を眺めている銀次郎の耳へは、黒兵と配下二人の遣り取りは殆ど聞こえなかった。

酒と肴を細やかに命じた黒兵の話法も、受けた配下二人の話法もおそらく読唇術に近いものであったのだろう。

黒兵が縁頰から銀次郎の傍に座を移し、銀次郎は白い月を眺めたまま切り出した。

「お前、その大奥の美しい衣裳のまま、この隠宅へやって来たのか」

「いいえ……」

「途中の何処ぞで衣裳替えを？」

「はい……私にとってはさほど難しいことではありませぬゆえ」

「ふん。黒鍬は何事についても器用だのう」

相変わらずブスッとした銀次郎の口調であった。

銀次郎の横顔を見つめていた黒兵の表情が僅かに沈んだ。

「この衣裳がご不快ならば、次より改めましてございます」

「べつに構わぬよ。**凄みの黒兵**も、大奥の衣裳で身を包めば、まぎれもなく小野小町だ。何で飾ろうとも、お前は綺麗じゃ」

「何だか皮肉に聞こえまする銀次郎様。今日は外にて何事かがあったのでございましょうか」

「べつに……」

と、銀次郎は月を眺めていた視線を下げ、今度は彼方の夕景の中にぼやけて見える甲造さん家を熟っと見つめた。

脳裏にお萩のふっくらとした優しい顔が、思い浮かんでいた。大家族の夕餉の用意で忙しくしているお萩の動きまでが見えるようだった。野菜や芋などをふんだんに入れた味噌汁の匂いが漂ってくるような気さえする。

銀次郎の手が、懐に入った。視線は甲造さん家に注がれたままだ。

「おい黒兵……」

「はい」

銀次郎は懐から取り出した薄い冊子を、黒兵の膝前にポイと置いた。

「読めば否応なく判るが、それは新井筑後守様（新井白石）が二昔ほど前、来日したドイツの有能なる軍人アルフレッド・ケストナー大尉との交流で得た資料や歓談を基として作成されたものだ。表紙には何も書かれておらぬが、ま、手に取って先ずめくってみなさい」

黒兵は言われるまま冊子を手に取り、白紙の表紙をめくった。

「**本丸参謀論**、**新井白石**、とございます」

「本丸とは江戸城本丸を指している。この冊子の場合は、その江戸城本丸を**強力な旗本衆**（**五番勢力二千数百名**）で構成された軍事組織つまり**戦闘組織**として捉えている」

「けれども、黒鍬から見た現在の**五番勢力**は、一昔前あるいは二昔前に比べどことなく日和見的で、強力な戦闘組織とは言い兼ねまする」

「まあ待て……次に**参謀**という言葉だが……」

ここで膳を手にした**滝**が「失礼いたします」と土間に現われた。その直ぐ後ろに控えている**浦**も矢張り膳を手にしている。

銀次郎が「構わぬ。上がれ……」と促すと、二人は居間に上がって黒兵の傍に「お願い致します」と膳を置いた。

黒兵が小さく頷き、**滝**と**浦**は土間に下がって障子を静かに閉じた。

「そこに書かれている**参謀**という表現だがな黒兵……」

銀次郎の話が始まった。視線は、**滝**と**浦**が土間に下がって閉じられた障子に、鋭く注がれている。

滝と浦が障子の向こうで、息を殺して聞き耳を立てている、とでも言うのだろうか。

「**参謀**というのは、**国防戦略**に関して常に考えを巡らす総責任者であり、また**練兵**と**用兵**の職務を掌る総責任者でもある、と新井筑後守様は説いていらっしゃる」

「そのことが記されているこの冊子を、黒鍬の頭領である私に読めと仰るのでしょうか」

「そうだ。そして読み終えたなら焼却してくれい」

「焼却……お宜しいのですか。新井様から戴いた冊子でございましょう」

「よい……。燃やしてくれ」

「承知いたしました」

「但し、それに目を通す前に、この俺に固く誓って貰わねばならぬ事がある」

「守秘義務につきましては、常に心掛けてございます」

「守秘義務のことを申すつもりはない」

「え?……」

「黒兵……お前は一体何者じゃ」

「あの……私は黒鍬の女頭領の……」

「加河黒兵であると言うなら、その証をこの場で見せてくれぬか」

「証？……でございますか」

「うむ、証だ。俺は黒鍬の女頭領と称する黒兵なる魅惑的な女と知り合うて、かなりになる。時には菩薩様のように知的でやさしく、時には冷淡に、そして時には妖しい凄みを見せるこの女に、俺はぐんぐん引かれてきた。しかしな黒兵よ」

「はい」

「俺は近頃、妙な手ざわりと言うか、得体の知れぬ感触を覚え始めているのだよ。お前に対してな」

「申されている意味がよく判りませぬ、どうぞ率直に仰って下さりませ。厳しいお叱りのお言葉でも宜しゅうございます」

「よかろう、おい黒兵」

「はい」

「お前は恐らくだが一人ではあるまい。もう少し判り易く言やあ、いま俺の目の前にいるのは黒兵ではあるまい、ということだ。違うか？」

「…………」

「黒兵には影武者がいる、と近頃の俺は睨んでいる。それも当たり前の影武者じゃあねえ。お前とうり二つの凄腕の影武者が少なくとも二人はいる、と俺は読んでいる。おっといけねえ。お前とうり二つ、と言ってしまったが、いま俺の目の前にいるお前も、真の黒兵ではなく影武者かも知れねえな」

「…………」

「答えてくれ。情けないことに俺は、真の黒兵か影武者かの区別がつかねえのさ。どうなんだ」

「…………」

「むっつりは俺に通用しないことぐらい、黒兵はもとより、影武者であっても判っていよう。さ、話してくれ」

「銀次郎様、この件につきまして、いま暫くの猶余を私にお与え下さりませ」

「猶余のう。うむ……よかろう、与えてやろう」

「有り難うございまする。ただ一点、信じて戴きたいことがございます」

「何だ。申してみい」

「実は……」

と、黒兵が口を開きかけたとき、「もうよい皐月(さつき)。お前は下がって本来の勤めに戻りなさい。あとは私(わたくし)が銀次郎様にお詫(わ)び致しましょう」と生垣の向こうから澄んだ声が聞こえてきた。

黒兵、いや、皐月(さつき)とやらと顔を合わせていた銀次郎が、その声の方へ視線を振ったとき、夜の帳(とばり)がすっかり濃く下りた空の月を背に、ふわりと高く浮き上がった人影が生垣の内側に下り立った。音一つ立てずに。

そして、すかさず地に正座をするや、調(ととの)った姿勢で三つ指をつき深深と頭を下げた。まるで銀次郎に忠誠を誓うかのように地面に張り付いたまま身じろぎ一つしない。

銀次郎の言葉を待っているのであろうか。

「燭台の明りを広縁に移してくれ黒兵……いや、皐月(さつき)と言うたか」

銀次郎は地面に張り付いている真っ黒な人の姿を熟(じ)っと見つめつつ命じたが、背後からの返答はなかった。

銀次郎が振り向くと、つい今の今まで直ぐ後ろに控えるかたちで居た筈の**皐月**とやらは、忽然(こつぜん)として姿を消していた。冊子**本丸参謀論**だけが、ポツンと残されている。

舌を一つ打ち鳴らした銀次郎は、立ち上がって自分の手で燭台の明りを広縁に移した。

地面に伏して微動だにしない人物は、全身を黒い覆面と衣服で包んで腰には刀を帯びていた。改めて述べる迄もなく、全身黒ずくめの衣裳は**黒鍬の戦闘服**である。

「おい、面(おもて)を上げねえか」

銀次郎が告げると、女は顔を上げて銀次郎と目を合わせた。

表情にどことなく力がない。一瞬、銀次郎はそう見た。

「なんだ黒兵じゃねえか、黒覆面で顔を隠していても俺には判るぜ……と言いてえところだが、一体(いってえ)誰なんだ。お前(めえ)は」

「黒鍬の女頭領**加河黒兵**(かがわくろべえ)にございます。お久し振りでございまする」

「お久し振り?……おい、正気で言ってんのかえ、お前(めえ)」

「はい。まぎれもなく、お久し振りでございまする」

「もっと近くに寄りねえ。いや、広縁に上がって、ようく顔を見せてくれねえか」

「はい」

銀次郎に促されて広縁に上がった黒兵であったが、神妙だった。と、言うよりも視線を落として元気がない。

銀次郎は腕組をし、目窓が有るだけの黒覆面がよく似合った、それでいて不思議な純さを漂わせている切れ長な二重の目を、熟っと睨みつけた。

「おい、**凄みの黒兵**よ……」

と、そこで言葉を休めた銀次郎は、ふうっと小さな溜息を吐いた。

「お久し振りでございまする、と言ったが、俺と最初に会ったのは何時、何処でだい？」

「大坂の旅籠『升屋』にて、初めてお目に掛かりましてございまする。刻は夜……」（徳間文庫『俠客』〈五〉）

「おお、確かに旅籠『升屋』にて、黒鍬の女頭領**加河黒兵**とやらに初めて会うたわ。あの時の加河黒兵がいま俺の目の前にいる、お前さんだと言うのか？」

「左様でございます。あの夜『升屋』の銀次郎様のお部屋へは、いま此処にて着ております黒鍬の戦服で忍び込みましてございます。我らの御支配様つまり銀次郎様の伯父上様でいらっしゃる首席目付和泉長門守様（当時は次席目付）に命じられての御役目でございました」

「うむ。間違うてはおらぬよ。その通りだった」

「あのときは黒覆面のままで大変失礼いたしました。非礼であったこと、何卒お許し下さいませ」

「ふん。顔を見せろと頼んだ俺に、お断わり申し上げます、とピシャリと返しやがったこと、今でもよう覚えていらあな」

「実は御支配様に厳しく命じられていたのでございまする。銀次郎様には決して素顔を見せてはならぬ、と」

「なにっ、伯父上に？」

銀次郎は驚きの余り、大きく目を見開いた。

黒兵は囁くような調子で言葉を続けた。

「はい、今だから打ち明けても宜しゅうございましょうか。銀次郎様は拵屋稼業で宵待草（夜の社交界）の女性たちに大層人気があるので、重要任務に就く事が多いお前は用心致さねばならぬ、と」

「あの伯父上が、**凄みの黒兵**のお前に、そのようなことを言ったのかえ」

「強い口調で申されました。そして銀次郎様と会う場合は如何なる場合でも必ず目窓があるだけの覆面で顔を隠さねばならぬ、とも」

「なんてえことだ……伯父は一体俺の何を心配して、そのようなことを言ったのだ」

「銀次郎様に近付く女性は幸せにはなれない……御支配様はフッとそう思われたのではございませせぬでしょうか」

「黒兵、貴様……」

「銀次郎様を慕って大坂より江戸へ参られた艶様が、悲しい死に方をなされましたことは改めて申すまでもなく、私は全て承知をしております」

「………」

銀次郎の表情にたちまち苦悶が広がって、その視線は膝の上に力なく落ちた。

二人の間に、暫く重苦しい沈黙があった後、銀次郎がキリッと歯を噛み鳴らした。

「艶のことは俺の生涯の失敗だ。身勝手な失敗と言うほかない」

「…………」

「それはそれとして、俺を厳しく責めてくれたって構やしねえ。いくら後悔しても足りねえ大きな失敗だったからなあ。しかし、お前もひでえぞ黒兵」

「心からお詫び致さねばならぬと、その覚悟で此処に参りましてございます。いかに御支配様の指示命令であったとは申せ、今日までの間に加河黒兵の影武者三人を、銀次郎様に接触させて参りましたること、私の行き過ぎたる判断でございました。お許し下さりませ」

「なんと、影武者三人……三人もかえ……入れ代わり立ち代わりと、この俺に」

「はい。うり二つの影武者三人でございました。私とは遠い血のつながりの有る二子の姉妹とその妹で、いずれも力量すぐれたる幹部黒鍬衆の立場にございます」

「で、その影武者三人とお前とはどうなのだ。やっぱり見分けがつかぬほどようく似ているのか」

「いいえ。私は影武者三人とは、似ても似つかぬ醜女でございます」

「俺はうり二つかどうか、とだけ訊いているのだ。醜女というような自虐的表現を話し相手に向かって軽軽しく用いるもんじゃねえ。不愉快だ」

「お許し下さいませ。黒鍬は何事に対しても直線的かつ現実的に物事を厳しく見るよう鍛練されて参りましたゆえ」

「影武者の三人は……いや……三人の内の誰かは判らねえが、俺に対し実に誠実に最善を尽くしてくれた。それに加えて俺自身もよ、殆ど心を許してしまっていた」

「影武者の三人は、頭領の私に対し御役御免を自ら願い出たのでございます。その理由は、銀次郎様に対して次第に心苦しさを覚えるようになったということ。そしてこのままだと自制が利かなくなる、と言うものでございました」

「お前よ。この場でその覆面をとり、素顔を見せたらどうなんだ。またしても加河黒兵の影武者だったたってえのは御免だぜ。そんな事をしやがったら、二度と俺の前に姿を見せることは許さねえ」

「覆面をとることは、お断わり致します。けれど、私が真の頭領加河黒兵であることにつきましては、ただいまわが体に印を付けることで、証とさせて戴きまする」

そう言うと、〝覆面の黒兵〟は正座の姿勢をいささかも乱さず懐に手を入れるや、小刀を取り出し素早く鞘を払った。

「待てい……」

銀次郎は片膝を立てた姿勢を前に傾けるや、小刀を手にする〝覆面の黒兵〟の手首をがっしりと摑んだ。

「下らねえことをするな。誰が**影武者黒兵**だの、誰が**本物黒兵**だのは、もういいやな。面倒臭え」

「けれども、これから回ってくるであろう銀次郎様の御役目には、目の前の私を黒鍬の頭領とお認め下さいませぬと、御役目遂行の途上で深刻な差し障りが出て参ります」

「お前、これから俺に回ってくる御役目というのを、既に知っているのか」

「いいえ、存じませぬ。なれど近頃の江戸城中の様子から、ただならぬものが感じられまする」

「大奥にて、天英院様や月光院様の身傍近くに仕えていたのは？」

「三人の影武者黒兵が、交代にて大奥へ……三人の者から私への日日の報告は、迅速かつ精緻になされてございました。ご安堵ください」

「これからは、どうするのだ。天英院様や月光院様の身傍近くには？」

「**滝**と**浦**を常の御役として差し向けまする。黒鍬の頭領は、たとえ私であろうと影武者三人であろうと大奥へは近付かぬことに致しました」

「お前の考えでか？……それとも伯父上（首席目付・和泉長門守）の指示でか？」

「私が御支配様に具申を致し、お許しを頂戴いたしました」

「影武者三人からお前への、日日の大奥報告は迅速かつ精緻、と申したな」

「有能な三人なれば真にその通りに……」

「じゃあ俺についての報告も？」

「はい。まるで我が手で触れ、我が目で間近に眺めるが如く、精細かつ具に活き活きとした文章で報告を受け取ってございまする。それゆえ、今日こうしてお目に掛かりましても、大坂の旅籠『升屋』以来の二度目とは、とても思えませぬ」

銀次郎は聞いて顔を横へ向けると、口の中でチッと舌を小さく打ち鳴らした。

すると〝覆面の黒兵〟は「ふふっ……」と微かな笑いを漏らした。

「何がおかしいのだ……」

銀次郎は、礑と目の前の相手を睨みつけた。いや、本人はそのつもりであったが、全く迫力なき銀次郎の様子になっていた。

〝覆面の黒兵〟が、ほんの少し膝を銀次郎に近付けて言った。

「銀次郎様。影武者三人と銀次郎様との貴重なる交流の一つ一つにつきましては、本日私が確りと引き継ぎましたゆえ、どうかご承知下さいませ」

「本日確りと引き継いだだと？……」

「はい。それゆえ銀次郎様におかれましては、これまで通りに私とお付き合い下さりませ」

「顔を見せぬお前と、これまでの影武者三人とを、同じように見よとこの俺に求めるのか」

「いけませぬか」

「では訊く……影武者三人の内の誰かは判らねえが、俺が艶の墓へ七度詣ったならば、体に触れてもよい、と約束してくれた……これも日日の精緻な報告でお前は承知しておるのだな」

「え?……私はそのような報告は受けてはおりませぬ。真にそのようなお約束を銀次郎様と?」

目窓があるだけの覆面の下で、〝凄みの黒兵〟の表情が初めてはっきりと途惑ったのを、銀次郎は見逃さなかった。

「今宵、組織に戻ったならば影武者三人に速やかに確かめてみることだ。戯れの約束事であった、などとは言わせねえぜ」

「配下の者の責任は、私の責任でもありまするゆえ……」

「艶の墓参りは、明後日を七度目としている。心得ておいてくれよ黒兵。よいな」

銀次郎の口調が、べらんめえ調を漸く消し去っていた。

「明後日……でございますか」

「おっと、それよりも黒兵。お前は俺と艶とのかかわりの全てについて、本当に詳細に承知いたしておるのであろうな」

「銀次郎様の日日のお生活に加え、艶様の日日の動静につきましても、私の元へきちんとした報告がなされてございました」

「そうか……それならばよい」

銀次郎の口調はすっかり穏やかになっていた。と言うよりも、それまでの気力を失っていた。

そのような銀次郎に対し〝覆面の黒兵〟は、いや、真の〝凄みの黒兵〟は、まるで労るかのようにして小声で言った。

「艶様のご遺体は、表三番町の大番頭六千石お旗本、津山近江守忠房様の菩提寺に家族として葬られましたること、心得てございます。それでは銀次郎様、明後日には私も必ず艶様の墓所にお詣りさせて戴きまする。お時間をお決め下さりませ」

「詣ってくれると言うか。艶も喜んでくれるであろうな……それでは朝五ツ半頃（午前九時頃）と致そうか」

「畏まりました。それでは明後日の朝五ツ半頃に、津山近江守様の菩提寺にてお待ち申し上げます」

「それはよいが黒兵……お前……」

「何でございましょう。仰って下さりませ」

「あ、いや、よい……もう、よい」

「では今日は、これで失礼させて戴きます。**滝**と**浦**を大奥へ連れてゆかねばなりませぬゆえ」

真の〝**凄みの黒兵**〟はそう言うと、冊子本丸参謀論を懐にして庭先に下り、銀次郎へ丁重に一礼をしてたちまち風の如く消え去った。

ひとり残された銀次郎は腕組をして、長いこと月を眺めた。

どこか茫然自失たる様子であった。

三十九

銀次郎はひとりで酒を呑んだ。真の〝**凄みの黒兵**〟の言葉の一つ一つが、酒の酔いが少しずつ深まっていくにしたがって、空虚な感じで蘇ってきた。情も血も通っていない職務上の丁寧さ、いわゆる無味乾燥な言葉、のような気がしてならなかった。

「これまで通りに私とお付き合い下さりませ……ときたか。この桜伊銀次郎、軽く見られたものよ」

呟いて銀次郎は酒を煽り呑み、徳利が空となった。小膳の上には空になって横に転がっている徳利が六本になっていた。もうこれでお終いですからね、とコトに軽く睨みつけられてからも、二本を運ばせている。

酒には強い銀次郎である。肉体的には酩酊していなかったが、精神には酔いを覚えていた。あの時の黒兵（影武者の）との語らい、この時の黒兵（影武者の）との触れ合い、が懐しくて仕方がなかった。

「過去のそれらが全て、幻影であり、幻聴であったと言うのか……黒兵が黒兵でなかったと言うのか……」

ふん、と唇の端を歪めて銀次郎は笑い、広縁の上で横向けに手枕で寝転んだ。そう高さの無い生垣の向こうに、甲造さん家（お萩ん家）の明りがいつになく明明と見えていた。大家族の団欒がここまで伝わってくるような気がして、銀次郎の脳裏にお萩のやさし気な笑顔が浮かんだ。

彼はむっくりと体を起こした。**甲造さん家**を訪ねて笑顔のお萩に会ってみようか、という気になりかけていた。

なんだか無性に侘しかったのだ。

ところが不意に、実に不意に「銀次郎様に近付く女性は幸せになれない……」という〝真の黒兵〟の言葉が聞こえてきた。銀次郎の唇の端が、再び苦しそうに歪んだ。

「確かに俺は、**艶**を大事にしてやらなかった……」

この糞ったれ銀次郎が、と彼は己れに怒りを向けて、立ち上がった。足腰はふらついてなどいない。

土間との間を閉じている障子に近付いたかれは、カチャカチャと伝わってくる食器洗いの音に向かって、

「すまぬが軽く茶漬を……」

と頼んだ。

はいただいま、と**コト**の声が直ぐに返ってきた。

待つほどもなく、**コト**の手で茶漬が広縁に運ばれてきた。

そのコトの表情に、銀次郎が「ん?……」となった。

「どうしたのだ。いやに暗い顔つきだぞコトや」

「あのう……旦那様。誰もが不意に消えてなさいました。旦那様ご承知の上の事でございましょうかね」

「そうか。コトや杖三に何も告げずにこの家から消えてしまったか」

「はい。音ひとつ立てずに……」

「すまぬ。私が承知の上のことなのだ」

「そんならば、よかった。私や杖三が心配することは、何もありゃしませんから」

コトはにっこりと目を細めると、下がっていった。

銀次郎はコトと杖三の素姓について何ひとつ知らなかった。この隠宅は、まるまる黒鍬が調えてくれたものだ。だから安心して疲れ切った体を休めている。この隠宅が黒鍬を支配する伯父(和泉長門守)の許可を得たものかどうかについても、銀次郎は知らない。そのようなことは小さなこと、どうでもよい、と思ったりもしている。

茶漬をひとりサラサラと食べ終えた銀次郎は、庭に出て月を仰いだ。少し前までは白く輝いていた月が、いつの間にか肌色掛かっていた。そのせいであろうか、月の表面のウサギがくっきりと浮かんで、よく見える。

「黒兵よ……俺の掌に豊かな乳房をそっと触れさせてくれたお前は、影武者三人の内の一体誰なんでぇ……あの時のお前がどうしようもない程に懐しい」

銀次郎は月に向かって、ぶつぶつと話し掛けた。温かでやさし気な乳房の張りが、まだ銀次郎の掌にはっきりと残っていた。感触が残っているのでは決してなかった。弾けそうに豊かな張りが残っているのだった。銀次郎だけにしか判らない、**張り**が。

四十

朝が来た。寝間の丸窓に当たる朝の日差しの明るさで、銀次郎は目覚めた。

と、台所の方角から、女性たちの控え目な笑い声が聞こえてきた。ひとりは**コト**、そしてもうひとりは、お萩の声と直ぐに判った。

銀次郎は襖を静かに開けて寝間から居間に移ると、寝着を普段の着流しに改めた。

そして土間との間を仕切っている障子を開けてみると、女二人が母娘かと見紛うほど楽し気に語り合っていた。台所に立つコトは大根の皮を剝き、お萩は笹掻き牛蒡をこしらえている。

古くに日本に伝わってきた牛蒡については、『庭訓往来』(作者不詳、鎌倉・室町あたりの作)に煮染牛蒡の料理が登場しており、また京都・北野天満宮の貴重な史料として知られる『北野社家日記』(室町～江戸初期の記録)には、たたき牛蒡が登場し、この食べ方は全国へと広がっていた。しかし今、お萩がこしらえているのは、牛蒡の笹掻きだった。

銀次郎は居間に備えの手拭いを、ひょいと肩にして土間へ下りた。

お萩がコトよりも先に、銀次郎に気付いた。

「あ、旦那様。お早うございます」

「これはまた、お萩や、うちの台所を朝の早くから手伝いに来てくれたのかえ」

銀次郎はお萩のために、顔いっぱいに笑みを広げて目を細め、やさしい口調で言った。

「でも旦那様。もう朝の五ツ半をとっくに過ぎてございます。私が朝の内に片付ける仕事は、済ませてきました……今朝は新鮮な大根と牛蒡をお持ちしたのですよう」

「そうだったか。嬉しいのう……此処へ来ていること、家の者にはきちんと断わってきたのかえ」

そう言いながら銀次郎は、にこにこ顔で台所に近寄っていった。

「はい。大丈夫です。今からお顔を洗われるのですか……お手伝いします」

「ははっ……顔ぐらいは一人で洗えるよ、大丈夫だ」

「お袖が濡れないよう、私が持ってあげますから」

「袖をかえ……」

大根の皮を剝いているコトが、顔を向こうへ向けて両の肩を小刻みに震わせていた。

いつもはどっしりと構えた印象の銀次郎が、お萩に押されてやや狼狽気味なのがおかしいのであろうか。

「作一や作二や赤ん坊は、家に置いてきたのか」

「作一と作二は、一日置きに庄屋さん家で午前中は読み書きを習っています。今日はその勉強の日です。赤ん坊はコトさんの部屋で、今よっく眠ってます」

「うん、それならば安心じゃ。さてと、顔を洗うか……」

銀次郎は結局、お萩に両の袖を預けて顔を洗ったのだった。そのようにして亡き夫が顔を洗うとき袖を持っていたのであろう。なかなかにお萩の動きは、馴れていた。

「旦那様、手拭いをお貸し下さい」

「ん？……」

「首の後ろに水玉がたくさん……」

お萩は手拭いを受け取ると、銀次郎の後ろ首を甲斐甲斐しく拭った。

「お萩はやさしいのう。だから作一も作二も生き生きとした良い表情をしとる。いや、作一と作二だけじゃないぞ。アッジャパー（鶉）までが庭を走りまわって元気だわ」

銀次郎が真剣に言った言葉で、お萩は口に手を当ててくすくすと笑い出した。

「ありがとう。どうだ、朝飯をここで一緒にとらんか。**杖三**も**コト**も加えてだ」

銀次郎はお萩の手から、湿った手拭いを受け取りながら言った。

「私はもう済(す)ませてきました。百姓ん家(ち)は何でも早いですから」

「そうだのう。田畑に出た甲造さん家(ち)の者(もん)は皆よう働きよる。居間からいつも感心して眺(なが)めておるのだ」

　このとき台所から**コト**の声が聞こえてきた。

「お萩ちゃん。遣(つこ)うて悪いけんど旦那様にお茶を淹(い)れて差しあげてくれないかのう」

「はぁい。承知しました」

「その時にほれ、**あのこと**、旦那様にちいと聞いて貰うた方がええと思うけんど……」

「判りました。そうしますね**コト**さん」

　お萩は綺麗な声でそう応じると銀次郎をひとり井戸端に残し、小急ぎで台所口に入っていった。

（**コト**が言った**あのこと**とは一体何だ……）

銀次郎の胸の内を、いやな予感が走った。コトの口調にもお萩の様子にも、深刻さは窺えない。それでも透き通った青空の片隅に、墨がぽとりと垂れ落ちて広がったような不快感を銀次郎は感じていた。

銀次郎は味噌汁の良い香りがしている台所に入り、コトとお萩の背側を通って居間に戻った。広縁に立つと、彼方にまで広がっている青青とした田畑の中で、甲造さん家の大家族が一生懸命に働いていた。いい景色だ、と銀次郎は思った。誰であるか判らなかったが、こちらに気付いて丁寧に頭を下げたので、銀次郎も肩の高さまで手を上げて応えてから居間に下がり腰を下ろした。

お萩が盆に急須と湯呑みをのせ、チラリと床の間の刀に視線をやってから、居間に入ってきた。

銀次郎は湯呑みに茶が注がれるのを待って、穏やかな表情を拵え口を開いた。

「コトが言ったあのことって言うのは何かな……話してごらん。誰にも言わねえから」

「この萩は、べつに悪い話ではないと思いますけんど……」

「うん。だけどお萩は気立てがやさしい上に、べっぴんさんだから、いつも用心を欠かさぬ方がよいぞ」

「私、べっぴんさんですか？　そんなこと一度も思ったことがないです」

「ああ、べっぴんさんだ。とてもな」

「自分の顔を見たことがないから、私にはよく判りません。それに幼い子供が三人もいます」

「幼い子供がいることと、べっぴんさんとは関係ないぞ。手鏡で自分の顔を見たことはないのかな」

「手鏡など持っていません。大世帯の少し豊かな百姓家ですけど、手鏡や鏡台なんぞは家にありません」

「井戸端や風呂場の桶に張った湯水に、顔を映せばいいではないか」

「湯水はくにゃくにゃと揺れていますから、顔もくにゃくにゃに見えて嫌です。それにいつもよく動きまわる作一や作二と一緒に湯に入りますから、自分の顔どころでは……」

「ははっ、そうか。うん、そうだな。ま、べっぴんさんかどうかの話は、ひとまず横へ置いといてだ。**コト**が口にしたあのことを言ってみなさい」

「大きなお月様が出た一昨日の明るい夜、突然お侍様が訪ねてきて、家の者皆、びっくりしました」

「なに、侍が？」

お萩のためを思って和やかに拵えていた銀次郎の表情が、潮が引くように改まった。

「浪人か？」

「いいえ。浪人ではありまっせん。沢山のご家来さんと一緒に来られたので、本当に皆、腰を抜かす程に驚きましたよう」

「長の旅の途中の侍たちが、ひと休みを求めて立ち寄ったのではないのだな」

「違います。うちの前の道は百姓道じゃもん。旅人なんぞ通ったりしません」

「うん、まあ、そうだな。その通りだ」

「それに旦那様。うちの爺ちゃんとあれこれ世間話をしていた一番偉そうに見えるお侍様が、お萩に会いたい、呼んでくれ、と言ったので私は怖くて体がガタガタ震えました」

「お萩……と相手の侍はお前の名を言ったのか。間違いないな」

「はい。間違いありまっせん。私の名前を知っておりましたよう」

「お前はその侍とは初対面か？」

「いいえ、知っています。一度、間近で会っていますよって」

「おいおい、それを先に言わぬか。一番大事なことを、後回しにしてはいかんではないか」

「ごめんなさい。話している内に、また怖くなってきましたから、頭が混乱してしまって」

お萩はうなだれて、グスンと鼻を鳴らした。

「おっと、すまぬすまぬ。お前のことを大事に思って心配する余り、つい言葉がきつくなってしまったのだ。お前がべっぴんさんで可愛いから、ついな……勘弁してくれ」

「旦那様は、あのお侍様とお友達なんですか？」

「ん？　どういう意味なのだ」

やさしい口調であったが、銀次郎の双眸は瞳の奥でギラリと光っていた。

だが、お萩の次の言葉で、銀次郎は大衝撃を受けることとなる。

「だって旦那様は其処で……」

お萩が広縁の向こう庭先を指差しつつ、言葉を続けた。

「そのお侍様と旦那様とは、其処で向き合うて話しておられましたもん」

聞いて銀次郎の顔から、血の気が失せていった。

よりかたの名が、銀次郎の背すじを音立てて激しく貫いた。

「お萩よ。それが誰であるか判った。其奴と俺とは友達でも何でもない。其奴が若し何か要求してきても、迷惑だ、ときっぱり断わるがよい。お前も甲造さん家の何も彼も俺が必ず守ってやる。心配するな」

「本当ですか？」

「本当だ。約束する。俺を信じて頼ってくれ。いいな」

「私、旦那様なら何でも頼れます。本当に頼ってもいいですか」

「おお、頼ってこい。確りと受けてやるぞ」

「うれし……」

お萩は目頭を指先で拭った。その指の間から大粒の涙がこぼれ落ちた。訳の判らぬ不安に、ずっと苦しんでいたのだろう。

「お萩や。相手の侍は自分が何者であるのか素姓を明かしたのであろうな」

「いいえ。爺ちゃんに対していきなり、お萩を我が屋敷で奉公させぬか、と言い出したりしたものですから、びっくりした家の者が皆で口を揃えて断わってくれました。幼児を抱える若い母親に対し無茶を言わんでくれ、と……そしたら、身分を明かすこともなくムスッとした不機嫌そうな顔つきで引き上げてくれましたよう。怖かったです」

「そうか、皆で力を合わせ断わってくれたか。それでよい、それでよい。それにしても全くとんでもないことを言いやがる奴だ」

「爺ちゃんなんか、お侍様が引き上げてからも暫くの間、ガタガタと震えていました。今にも切られるのではないかと思っていたようです。でも旦那様、身分素姓なんぞは判りませんけんど、お侍様が乗ってきた大きな駕籠には……」

お萩はそこで言葉を切ると、立ち上がって床の間に近寄り、刀掛けに横たわっている銀次郎の愛刀の鞘を指差した。

「この鞘に刷られている家紋と、同じ家紋が駕籠に刷り込まれているのを、広縁に立って見送っていた私は、はっきりと見ました。お月さんが明るかったからよく見えました」

「な、なんと……」

銀次郎の顔が硬直した。

言うまでもなく、葵の家紋であった。

四十一

空の一部に青さがまだ残っているその日の夕刻、ゆっくりと風呂に入った銀次郎であったが、不愉快な気分を振り切れないでいた。お萩の屋敷奉公を求めて**甲造さん家**を不意に訪ねた**よりかた**の余りの非常識さが、許せなかったのである。しかも大勢の家臣を従えて、乗ってきた駕籠には**葵**の家紋が付いていたと言う。その家紋の権威でまるで力任せに**甲造さん家**を訪ねた、と言うよりは、襲ったという印象の方が濃い〝事件〟だった。銀次郎は、そう捉えている。なにしろいきなり見えてお萩の屋敷奉公を求めた**よりかた**に、甲造さん家の者は皆、訳が判らず震えあがったのだ。

しかも**よりかた**は**甲造さん家**の者に対し、身分素姓を明かさぬまま立ち去ったという。

如何に葵の家紋の家柄であろうと非礼に過ぎる。それが銀次郎を不快にさせていたのだ。

すでに武士の権威というものが、かつて程には輝いていない世相となりつつある。その現実に気付いていないで、腰に帯びた大小刀の重さを権威であると勘違いしている侍が、相変わらず余りにも多過ぎる、と銀次郎は思っている。

風呂からあがった銀次郎は薪のもえる匂いがしている土間へ入ってゆき、台所で煮炊きをする**コト**に声を掛けた。

「今日は板間（台所の）で**杖三**や**コト**と一緒に夕飯をとろうかな」

「おや、三人で……いいですね。わかりました」

振り向いたコトが銀次郎と顔を合わせ、嬉しそうに微笑んだ。これまで三人で食事をとることなど、殆ど無かった。

「それでは用意が調ったら、お声を掛けますよって、居間で待ってて下さい旦那様」

「うん、そうしよう」

「お酒は？」

「いらぬよ」

銀次郎は居間に入ると、確りと閉じられている二枚障子を開けて広縁に出、甲造さん家の方を眺めた。

薄暗くなった田畑の向こうに、甲造さん家の明りが見えている。

ほんの少し青さを残している空に、白い月が浮かんでいた。

「ん？……」

銀次郎は視野の端で、障子脇の文机の上に一通の書状がのっているのに気付いた。

彼は文机の前に胡座を組み、表面には何も記されていない書状を手に取った。

上包という形式の封で、上包の天と地を裏面へ折り込んであって、左下に小さく秀逸な文字で浦とあった。

この家からは既に浦と滝の姿は消えていたが、銀次郎は浦に対しよりかたの素姓を探るよう命じてある。

その報告書である可能性が強い。

銀次郎は上包を開いた。出てきたのは**竪紙**(たてがみ)と呼ばれる形状の、折り畳まれたそれを横に広げて読み進めていく書状だった。しかも**礼紙**(らいし)を一枚添えることを忘れていない。礼紙(らいし)とは、本文とは別に添えられた一枚の白紙を指す。これだけを見ても、**浦**の作法教養の程が知れるというものだった。

銀次郎は書状を読み出した。厳しい目つきだった。

このとき**コト**が前掛けで手を拭き拭き土間に姿を見せて銀次郎の背中に、そっとした調子で声を掛けた。

「旦那様。お食事の用意が調いましたけんど……」

「あ、すまぬが用が出来た。居間へな、頼む……」

書状から目を離さずに応じた銀次郎だったが、その表情は極めて険しいものだった。

「へえ、わかりました」

銀次郎と一緒に食事がとれないと判ってがっかりしたのか、**コト**は視線を落として台所の方へ消えていった。

書状に目を通す銀次郎は、読み終えるまでに二度、目を大きく見開いて舌を打ち鳴らした。

余程のことが記されてあったのだろうか。

なにしろ夕餉を運んできた**コト**が、「旦那様、此処へ置いときますからの……」と声を掛けて膳を居間口の縁頬に置いても、気付きもしない。いや、おそらく**コト**の声に気付いてはいたが、返事を返す気にならぬほど書状の内容に引き込まれていたのではあるまいか？

書状を読み終えた彼は、それを折り畳もうとはせず、文机の上にポイと投げ置いた。

そして、居間口に置かれている夕餉の膳に気付いた。「いらぬよ」と言った筈の酒徳利が一本と、深めの盃が付いている。

彼は立ち上がって膳の前までゆき、縁頬に勢いよく腰を下ろして板床を軋ませた。

徳利に手を伸ばそうとして、銀次郎はその動きを途中で止めた。

台所の方から、「いつも思いがけず世話になっているようで……」とか「いやいや、余り気になさらんで……」とか囁き調子での遣り取りが聞こえてきたからだ。ひとりは**杖三**と知れたが、もう一人は誰か判らない。

銀次郎が徳利の酒を盃に注ぐと、足音――ひとりの――が、こちらに近付いてきた。

それには構わず、銀次郎は盃を呷って「うまい……」とこぼした。

「旦那様……」

杖三がやや硬い表情で土間に立った。漬物を盛った小皿を手にしている。

「どうしたい。台所に誰かが来ているようだが……」

「甲造さんが、糠漬がいい具合に漬かったからと、たくさん持って来てくれました」

「甲造？……おお、祖父だったな、お萩の……あ、いや違った。お萩の亡くなった亭主のだったかな」

「はい、そうです。酒に合いますから、甲造さんが言うように少しばかり薄く切って持ってきましたが……」

「そいつあ有り難い。戴こう。漬物は酒呑みには大の好物だ」

銀次郎が顔を綻ばせると、杖三は縁頬に寄ってきて、手にしていた小皿を膳の端にそっと置いた。

「これは旨そうだな……で、甲造はもう帰ったのかえ」

「いえ。まだ台所に」

「此処へ呼んでおくれ。礼が言いたい」

頷いた杖三は台所の方へと消えてゆき、代わって甲造ひとりが銀次郎の前にやって来た。

実はお互い初対面ではなかったが、初対面みたいなものだった。

これまで銀次郎は、広縁に立って彼方の畑から丁寧に腰を折ってよく挨拶をしてくれる鋤を手にした老人に、軽く手を上げて見せたり、笑顔を返したりしてきた。

その老人が、甲造だったと確信できたのは、今の今だった。

銀次郎はにこにこと相手を見ながら、それまでの胡座を正座に改めた。よく日焼けした小柄で見るからに善人という、やさしい顔立ちの年寄りだった。

「爺っつぁん。旨そうな漬物を有り難うよ。俺は糠漬が大の好物でな。こいつで呑(や)る酒はたまんねえ。本当に有り難う。この通り……」

　銀次郎は顔いっぱいに笑みを広げた相手に対し、深めに頭を下げた。こうして間近(まぢか)で眺めた甲造の印象が、殆ど瞬時に気に入っていた。

「こちらこそ旦那様にはお萩が何かと世話になっておりますようで、家族の皆が心強く思(おも)とります。百姓は味噌も梅干も自分でつくりよるので、そのうちまた持って参ります。へえ」

「お萩を屋敷奉公に、などと途(とん)でも無いことを言う侍が不意に訪ねて来たので、驚いただろう」

「へえ、それはもう皆、腰を抜かす程にびっくりしまして、今にも斬られるんじゃないかと恐ろしゅうて恐ろしゅうて体の震えが止まらんで」

「困った侍社会じゃわ。しかしのう、相手はいきなり刀を振(ふ)り翳(かざ)すような極悪人(ごくあくにん)という訳でもないぞ。その点は安心していいよ爺(と)っつぁん」

「旦那様は、あのお侍様とは親しいのですかのう。あのお侍様が乗ってきた駕籠に付いていた**葵の家紋**が、旦那様の刀の鞘(さや)にも付いていたとお萩が言うておりまして……へえ」

そう言う甲造の視線が、刀掛けのある床の間へチラリと流れたのを、銀次郎は見逃さなかった。

「爺っつぁんは、葵の家紋がどこの家の紋か知っておるのか」

「そりゃあ旦那様、将軍家とその御親族の家紋じゃけん。だからお萩は、旦那様はきっと将軍家の御親族に違いない、と言いちょりまして……」

「俺は将軍家などとは無関係だよ。ま、甲造さん家としては、今回の件には深くかかわらぬようにしなさい。心配の余り、あちらこちらへ話を広めてしまうのも、かえってよくない。もう、忘れることだ」

「忘れることだ、と言うても旦那様」

「あの侍はな、お萩が一目で気に入ったのだよ。一目惚れ、と言うやつだ。狩りで野山へ出かけた大名などが農家の娘に一目惚れして、側室にするという話は実際によくある話だ。けどな爺っつぁん、安心しねえ。あの侍は俺がよ、二度と爺っつぁん家へは行かせねえよ。お萩に、そう伝えてやっとくれ」

「へえ。あのう旦那様……」

「なんだね？」

「旦那様は町民ではなく本当はお侍様なのでしょうのう？」

「爺っつぁんよ」

「へえ……」

「俺が侍であるのか町民であるのかは、爺っつぁんの生活には関係のないことよ。俺って人間に関心を持ち過ぎることは止しにしねい。俺が〝こいつあ煩わしい奴だ〟と決めたなら此処への出入りは申し訳ないけれども禁止ってことになっちまうからよ」

　突き放したように言った銀次郎であったが、口調は終始穏やかだった。が、表情は一気に改まって、冷えたものになっている。

　銀次郎のその言葉が台所まで届いたものかどうか、**コト**が急ぎ足で甲造に近寄ってきた。

「甲造さん、お茶を淹れるから台所で**杖三**も一緒に一服しないかね。貰い物の旨い饅頭があるんだよう。旦那様は夕食の後にたくさんの片付け仕事を持っていなさるから……さ、彼方へ行こ」

「あ……うん」

甲造は我を取り戻したようなハッとした様子を見せると、銀次郎に黙って頭を下げコトと肩を並べて台所の方へ消えていった。

銀次郎は立ち上がると縁頬の障子を音立てぬよう静かに閉じ、広縁の障子をも閉じて膳の前に戻った。

「よりかためが……新しい騒動の種を蒔きやがって……」

銀次郎は空になっている盃に酒を満たして、暫くの間その盃を熟っと眺めていた。

そして深い溜息を一つ吐いたあと、盃を手にし口元でそれを止めた。何か考え事をしているのであろう。土間との間を仕切る障子の一点を見つめている。

「どうも……嫌な予感がする」

呟いて彼は、ゆっくりと盃を呑み干した。

四十二

夜更けまで独り酒だった真夜中のこと……。

寝床にあった銀次郎は啄木の悪戯かと思われるようなトントントントトトン、トントントトンという音で、まだ浅かった眠りを覚まされた。枕行灯（常夜灯）が油蝉のように鳴いて明りを揺らす。

彼は寝床に体を起こして耳を研ぎ澄まし、その音を指先で雨戸を打つ音だと捉えた。しかも、かなり用心して慎重に雨戸を打っているな、と抑えた音の調子から判った。

（黒鍬の誰かか？……）

と、思った銀次郎であったが、直ぐに否定した。この隠宅は黒鍬の手によって調えられた住居である。どれほど厳重に出入口や窓などを閉じたとしても、黒鍬の者なら易易と内へ入ってこれる筈だった。わざわざ雨戸を理由有り気にトントントトンと叩く必要もない。

と、雨戸が音を休めた。諦めたのか？　諦めたのだとすれば、何を？

銀次郎は寝床を離れて居間へ移ると、有明行灯（常夜灯）の明りの中で着流しを改め帯を帯刀用の拵えに変えて、大小刀を通した。

ヒュッという衣鳴り。そして有明行灯の明りを吸って、鞘の葵の紋がキラリと光った。

銀次郎はそろりと障子を開けて、広縁に出た。この広縁は黒鍬が手に入れた時は、濡れ縁形式の拵えだったが、銀次郎の隠宅になるに際して、夜間の用心のために頑丈な雨戸が取り付けられていた。この雨戸を何者かが指先でトントントトンと打っていたのだ。

銀次郎は雨戸に沿うかたちで足音を忍ばせ、土間口側からそろりと歩き出した。居間の前を過ぎ、丸窓付きの寝間の前まで来て、銀次郎は息を殺した。

案外簡単に彼は、雨戸の外に動きを止めているらしい何者かの気配を察した。

(いた……どうやら一人か)

彼は更に広縁の奥へと進み、指先で雨戸を軽く静かに打った。トントントトンと。

これは外にいる何者かに対する誘いだった。必ず其奴は動くという確信があってての銀次郎のトントントトンだった。

果たしてそれは的中した。外の何者かは、銀次郎に足音を知らせる程の慌て様で、元の場所から移動した。その〝元の場所〟へ足音を消して戻った銀次郎は、黒鍬考案のからくり錠を解いて雨戸一枚を、一尺半ばかり音立てぬよう開けた。そこから踏み石の上へ下りた銀次郎が認めたものは、こちらへ背中を向けて雨戸に耳を当てている大柄な男——侍——の、スキだらけの姿だった。

銀次郎は明るい月が浮かぶ夜空を仰ぎ、フウッと浅い溜息を吐いた。白銀色に眩しく輝いている満月が、うさぎの模様をくっきりと浮かべている。こちらに背中を見せているスキだらけの男を、まるで笑っているかのように。

銀次郎が踏み石から下りても、大柄な男は向こう向きに雨戸へ耳を触れて、みじろぎもしない。雨戸の内側の気配を、懸命に捉えようとしているのだろう。

つかつかと其奴の背中に歩み寄った銀次郎は、抑えた野太い声で「おい……」と放った。

「わっ……」

背中から声を出すかのようにして驚いた其奴は、一間ばかりも蛙のように前方へ飛んで振り向いた。

何と、**よりかた**なる侍であった。此処（隠宅）へは二度と来ない、と銀次郎に約束した筈の**よりかた**である。

「何をしてやがるんだ、手前……また来やがったか」

すでに**よりかた**の身分素姓を把握できている銀次郎であったが、皓皓たる満月の下、目をギラリとさせ声を抑えて相手に詰め寄った。

「す、すまぬ……どうしてもの相談があって訪ねて来たのだ」

よりかたも、声を抑えた。奉公人たちは眠っているのだ。

「相談?……ならば御天道様が照っていらっしゃる明るい内に来るのが道理ってもんだろが」

「今の私には、それが出来ぬのだ。だから、こうして深夜を選んだ。許して貰いたい」

「俺はお前の友でも知人でもねえ。全く見知らぬ奴、と言い切ってもいい間柄だ。そんなお前からこのような刻限に相談を持ち込まれる覚えはねえぜ。迷惑だ」

「それについては充分に自覚している。すまない。けれども私は私なりに、かなり以前より其方に注目していたのだ。頼るはこの人物しかいない、と。頼む。私の話を聞くだけでもいいから聞いてくれ」

「いいや、聞けねえな。お前、それほどまでしてお萩を自分のものにしてえのか」

「お萩?……あ……」

月明りの中で、**よりかた**の眼差が一瞬、遠くなって焦点を失った。

「どしたい。何をポカンとしてやがる。お萩はな、俺にとっちゃあ妹みてえな存在なんでい。身分や金を振り回して自分の女にしようなんて考えは許せねえぜ」

「ち、違う。それは違う。誤解だ。それに相談に乗ってほしいと言うのは、お萩のことではない。私自身が何者かに狙われているという、怖くて重大なことなんだ」

「そんなのは、お前自身の問題だ。手前の知恵と力で解決しろい……」

「自分の知恵と力で解決できぬゆえ、こうして深夜に訪ねて来たのだ。桜伊銀次郎殿。いや、黒書院直属監察官大目付三千石、従五位下加賀守桜伊銀次郎正継殿」

「おっと。今の俺は全くの無位無冠。それを先ず承知しておいてくれ」

「えっ。無位無冠……」

「そうだ。上様直直の御言葉によって、全てを取り払われ、浪人の立場だ。今の俺には何の力も無いぞ。それでも怖くて重大な話ってえのを俺に聞いて貰いたいと言うか？」

「是非にも頼みたい。それにしても一体なにゆえ無位無冠に貶められたのだ。非常に関心がある。聞かせてくれぬか」

「そのようなこと、お前には関係ない。出しゃばるな。怖くて重大な話ってのを本気で真剣に俺に聞いて貰いたいのかどうかだけ決めろ」

「聞いて……と言うよりも本気で真剣に相談に乗って貰いたいのだ」

「お前って奴は、変わった奴だな」

「なにが？……」

「俺のどの部分を評価して、そのような気分になったのだ。俺は聖人君子でも何でも無いぞ。帰るなら今の内だ」

「帰らない……頼む。相談に乗ってくれ」

「このような刻限を選んだ理由は？」

「空が明るい内に屋敷を出たなら、暗殺される危険があるのだ。私は狙われている」

「暗殺ねえ……」

「供侍を大勢引き連れての外出も考えた。しかしそうすれば、私を暗殺しようとする勢力はおそらくそれ以上の人数を揃えるだろう。将軍お膝元での集団と集団の激突は、幕府の怒りを買い藩の命運を揺るがしかねない」

「その通りだ」

銀次郎は**よりかた**の余りの必死さに諦めたのか、穏やかに頷いて見せた。確かに過日、この隠宅にて**よりかた**は既に素姓知れぬ浪人たちに襲われているのだ。

「お前を暗殺しようとする勢力の素姓だが、見当ぐれえはついてんのかえ」

「全く判らない。また、私がなぜ襲われなければならぬのか、その理由も摑めていない」

「此処までお前、夜道をひとりで歩いて来たのか」

「いや、馬を使った。途中までは蹄の音が心配なので、手綱を引いての忍び足だったが……」

「その馬は？」

「此処から程近くの竹林に、手綱をつないで来た」

「まったくお前って奴は……馬にも喜怒哀楽ってえ感情があるのを知らねえのか。命のある生き物なのだろうが。お前、深夜に幽霊が出そうな竹林で何刻も一人で居ることが出来るかえ」

「す、すまぬ……銀次郎殿の申す通りだ」

「こちらから行くと、小さな無住寺(廃寺)の手前にある竹林のことだな」

「そう……そこ」

「先ず馬だ。これからは、もっと大切に扱ってやれ。行くぞ」

「はい」

よりかたが、**はい**と確り応えて頷いた。この**よりかた**、銀次郎の人間性にたちまちの内に、激しく引かれ始めていた。

銀次郎と言えばこのことによって、己れの人生が一層のこと波瀾万丈の途を辿ることになろうとは、気付きさえしていなかった。運命、いや、宿命というより他なかった。

広縁の雨戸を閉じた銀次郎は、**よりかた**を従えて竹林へ向かった。

よりかたが言ったように、隠宅からは程近い。

「銀次郎殿……」

と、一歩うしろに下がって従うかたちであった**よりかた**が、銀次郎と肩を並べた。

「怖くて重大な話というのを相談事として聞いて戴く前に、礼儀として私は自分の身分素姓を打ち明けねばならない。実は私は……」

「判っている。宝永二年（一七〇五）十月一日、第五代将軍**徳川綱吉**様に拝謁して『吉』の字を賜りそれまでの**頼方**（よりかた）を**吉宗**と改め、同時に従三位・左近衛権中将に任ぜられ、鞘に金色の葵の家紋が入った名刀正宗を授けられて、翌十月二日、紀州藩第五代藩主に就く。五代将軍が五代紀州藩主を誕生させた、という訳だ。そうだな」

「な、なんとこれは驚いた。すでに調べておられたか……」

「ふん。鞘に金色の葵の家紋が入った刀なら、俺程度の者でも持っておるわ。正宗ではなく、斬れ味では絶対に負けぬ備前長永国友だがな」

銀次郎は唇の端で苦笑すると、歩みの速さを緩めるなどせず、腰の大刀を鞘ごと半尺ばかり上へあげて見せた。

よりかたは歩調を銀次郎に合わせつつ、腰を少し下げて鞘に顔を近付けた。

「おお、まさしく月明りを浴びて輝くは金色の将軍家の御家紋……銀次郎殿。若しや其方は徳川一門の者ではないのか?」

「よしてくれ。たとえ一門へどうぞ、と招かれたってお断わりだ」

「だが桜伊家は、神君家康公より永久不滅感状を授けられているという噂のある家柄。徳川一門と並び称されても全くおかしくはない」

「うるさいのう。勝手に想像していろ……」

銀次郎は大刀の柄頭を掌でトンと押し下げると、歩みを速めた。

紀州藩は徳川御三家の二位にあって、尾張藩に次いで『**将軍就任の機会に近い**』存在である。にもかかわらず、**よりかた**に対する、いや、**徳川吉宗**に対する銀次郎の態度は、誰に対してもそうであるように、全くへり下っていない。

出会った二人の年齢はこのとき、ほぼ同い年と言ってよかった。ほぼとは誕生月の僅かな差を指している。

よりかたは貞享元年(一六八四)に、紀州藩五十五万石第二代藩主・**徳川光貞**の四男として和歌山城で生まれ、**源六**と名付けられた(和歌山城下の吹上邸で生まれたという説も)。

さらに元禄七年(一六九四)幼名を**新之助**と改め、翌元禄八年(一六九五)に身を、紀州藩邸江戸**中屋敷**(東京都港区赤坂)へと移し、ここで起居(日常生活の意)するようになる。

名を**新之助**から**頼方**(よりかた)と変えたのは、翌々年四月(元禄一〇年・一六九七)に江戸城に登城して五代将軍徳川綱吉に拝謁し、従五位下・主税頭に任ぜられた後のこと(十二月頃)である。

「それにしても、お前よ……」

銀次郎は歩みを少し緩めると、肩を並べている吉宗の横顔をチラリと見た。

「もう少し剣術の方を、何とかしなきゃあいけないな」

「この体格なので、私は力自慢なのだが……剣術は大の苦手だ」

「五十五万という目が飛び出そうな大藩の藩主ではないか。それも徳川一門の大藩だ。本来なら、無位無冠である浪人の俺に軽軽しく近付いてくるような立場ではないぞ。幕府権力の激動のかたち次第では、いつ将軍の座がお前に回ってきてもおかしくはねえ御大人にして御大尽ではないか」

「よしてくれ銀次郎殿。将軍の座などに、私は全く関心がない。いやだな。うん。絶対にいやだ」

「おいおい、何をそんなに恐れているのだ」

「恐れて当然だ。今でも私は何者かに狙われているのだから仕方がない」

「お前、身の丈はどれくらいある？」

「五尺九寸は軽く超えていると思うが……まともに計ったことはない」

「その立派な体格で、五十五万石という徳川一門の大藩の藩主なのだ。剣術は大の苦手だの、将軍の座には全く関心がない、などは通用しねえぜ」

「私は幼い時から、血を見るのと虫に触れるのが大の苦手なのだ」

「なるほど、剣術嫌いの原因は、そんなところにあったのか。全く気の弱い奴だ。だけど知らねえぞ俺は……」

「それ、どういう意味なのだ銀次郎殿」

「お前さんは、数え切れねえほど大勢の武士と多数の領民の頂点に君臨していなさる立場なんだ。その立場で俺のような気性激しい問題児に近付いてきたりして、本当にいいのかな。俺は自分でも気の荒い不良旗本だと思っている。お前さん、何ぞ勘違いして俺を眺めているんじゃねえのかえ」

「これは驚いた。何を今さら言わっしゃる。銀次郎殿は江戸城中で、そして大奥で自分がどのように評価されているのか気付いてはおられない。そりゃあ、銀次郎殿を苦苦しく眺めている権力者も少なからずいるようではあるが……」

「ま、お前さんの相談というのは、馬を隠宅へ連れていってからじっくりと聞かせて貰おうか。ほれ、見えてきた。あの竹林だな」

「はい。あれです」

五十五万石の大藩の体格すぐれた藩主が、「はい、あれです」と丁寧に応じて頷いた。一体どちらの良識が変わっているのであろうか。べらんめえ調を控えない銀次郎か。それとも〝糞丁寧な〟徳川吉宗の方か。

二人のこの良識の差、いや、良識の混乱と衝突が、やがて地殻が捩れ曲がるような大山鳴動へとつながってゆくのである。そのことに二人は、まだ気付いていない。

「おーおー可哀想に……このような所で寂しかっただろう」

銀次郎は竹林に自分から先に入ってゆくと、五十五万石藩主の愛馬の首すじや頬を幾度も撫でてやった。

白馬であった。

「これから夜に乗る馬は、黒い馬にしなせえ。その方が目立たなくて多少なりとも安全だからよ」

銀次郎はそう言いながら、白馬の手綱を吉宗に預けた。

「そうだな。そうするよ」

吉宗は素直に答えた。それくらいの事も判らねえのか、と銀次郎は小さく舌を打ち鳴らした。

二人と一頭は、竹林の外に出ようとした。

「ん?……」

銀次郎の足が止まり、その気配を察したのかどうか白馬も歩みを休めた。手綱を引く吉宗の足だけが前に進む。白馬が首を大きく横に振って漸く、吉宗は銀次郎の険しい表情に気付いた。

四十三

吉宗は銀次郎に近寄って囁いた。

「どうしました銀次郎殿……」

「囲まれている。お前さんが此処へ戻って来るのを、待ち構えていた連中にな」

「え……」

「え、じゃあねえよ。屋敷から尾行されていたってえ事さ。だから五十五万石の大藩の御殿様ってえのは、余り一人で城下をうろちょろしちゃあなんねえんだ。今さら言っても、もう遅いがな」

「お、及ばずながら、わ、私も闘うよ、銀次郎殿」

たちまち緊張に見舞われたのであろう。吉宗の囁きは震えていた。

「剣術の剣も出来ねえお前さんが、どう闘うってんだ。邪魔だから其処の巨木の陰に張り付いていなせえ。馬の手綱を短く持ってな」

「いや、銀次郎殿だけを、危ない目に遭わせる訳にはいかない」

「真剣での斬り合いってえのを、見たことは有りなさるか？」

「いえ。ありません」

まるで逆転した主従の遣り取りであった。

「なら、巨木の陰で体を小さく縮めて見ていなせえ……さ、早く木陰へ」

「は、はい……」

吉宗は手綱を引いて、小慌てに銀次郎から離れた。

銀次郎は巨木を背にするかたちで立ち、名刀備前長永国友を静かに鞘から抜き放った。

鞘がチリチリチリと微かに鳴る。

吉宗は目を大きく見開いて辺りを見まわしたが、怪しい人影など何処にも見当たらない。

間伐が行き届いて清潔に調えられた竹林には、それこそ燦燦と月明りが降り注いでいた。

にもかかわらず表情こわ張った吉宗には、不審な者の姿など一人として目にとまらなかった。

と、銀次郎の腰が僅かに下がり、右脚が一歩前に出て**くの字状**となった。

吉宗は固唾をのんだ。やられたら必ず層倍にやり返すと言う銀次郎の激烈な気性を幾人もの幕僚から耳にして、銀次郎に近付き出した吉宗だった。銀次郎の気性を**承知して**近付いた、と言うことだ。

その銀次郎の抜刀の姿を今、吉宗は初めて目の前に見ているのだった。

吉宗の喉は早くも、カラカラに乾いていた。

銀次郎が刀身を右の肩に乗せた。脚は**くの字状**に曲げたままだ。

（あのような奇妙な構えで闘えるのか？……）

吉宗は胸の内で呟き、首をひねった。剣法は正眼に構えて向き合うのが基本、そうとしか知らない五十五万石大藩の藩主、徳川吉宗だった。まさに信じられないような現実、としか言いようがなかった。

徳川家康は初代征夷大将軍と称するよりは、幕府の創始者として全軍を指揮下に置く大統帥官の立場である。つまり、別格なのだ。

その見方に立てば、第二代将軍**徳川秀忠**こそが将軍就任順位としては、初代将軍と称することが許されよう。

実は、この**徳川秀忠**の**直系**こそが、『**徳川宗家**』と崇められる血筋なのだ。すなわち**徳川秀忠**に続く直系血筋将軍として、**徳川家光→徳川家綱→徳川綱吉→徳川家宣→**そして幼君**徳川家継**、が掲げられる。ただ銀次郎時代の今、幼君**家継**には子がいない。成人となった家継と正室なり側室なりとの間に嫡子が出来たとしても相当先のことになる。つまり『**徳川宗家**』の将軍が連綿と続くかどうかは極めて不安定な状態にある、というのが銀次郎時代であった。

その銀次郎の背中を、『徳川宗家』に入らぬ吉宗は息を殺して食い入るように見つめていた。

次の瞬間、吉宗は胸の内で（ゲエッ……）と喉を鳴らしていた。

銀次郎の右斜め三、四間ばかりのところに、大人の腕の太さほどの青竹がひょろりとあって、その青竹の陰からヌッと**真紅の二本差し**が一人、抜き身を手に現われたのだ。

吉宗は震えあがり、目を瞬いた。だが、見誤りでも目の錯覚でもなかった。まぎれもなく青竹の陰から現われた〝**真紅の者**〟を吉宗の目は捉えていた。

それは、黒装束でも白装束でもない、**真っ赤な装束**で全身を包んだ巨漢だった。

侍だ。

覆面に目窓はあったが、極端に細かった。二つの目の特徴から人相が想像されるのを防ぐかのように。

(どう言うことだ。あの青竹の陰から、まぎれもなく**赤い装束**の、でかい奴が現われたぞ……忍者か……それとも化け物か)

吉宗は唇をぶるぶると震わせて、声にならぬ呟きを胸の内で漏らした。

俺は**御三家**(尾張・紀州・水戸)の中ではおそらく最も活動的で体力、知力に富む藩主。

領主の座に就いて以来、そう確信してきた吉宗であった。しかし彼には、常に意識せざるを得ないことが一つ、頭の中にあった。

それは『紀州は尾張よりも家格で劣る』という意識だった。

「あっ」

吉宗は思わず声を出してしまった。頭がくらくらとして、気分が悪くなり嘔吐しそうになった。

銀次郎と向き合っている青竹一本一本の陰から、次次と〝真紅の者ども〟が現われたのだ。

いずれも両刀を帯び、体格にすぐれている。

「吉宗殿っ」

銀次郎の大声が竹林に轟きわたった。

「は、はい」

震え声で返事を返した吉宗は、それでも白馬の手綱を青竹に軽く括ると、ガタガタと震える右手で大刀を抜き放った。金色の葵の家紋が入った名刀正宗である。

一般に、こういった下賜された刀剣は『家宝』として屋敷の奥深くで大切に保管され、腰に帯びて出歩くことなどはしない。

が、実際には『常に上様の身傍に侍り忠誠忠実にお仕え致し……』の意識でもって腰に帯びることこそ大切、とする剣客侍もまた少なくない。ただ、その場合でも、相当に剣の位の高い者に限られよう。

怒声とも取れる銀次郎の大声が続いた。

「覚悟なされよ吉宗殿。なんとしても吉宗殿を暗殺せんとする真っ赤な血の塊が、ほれ、次から次と青竹のうしろから出てきよったわ」

「銀、銀次郎殿。私も……私も闘う。そのような赤装束なんぞ……」

「無理だ。その場で真剣による戦闘というものが如何に残酷であるか、ようく見ていなされ」

「う、うん。わ、わかりました」

「愛馬の尻を叩いてな、屋敷へ戻しなされ。いい目をしているその馬なら自分で戻れよう」

「はい」

吉宗は手にしていた刀を鞘に戻すと青竹にくくった手綱を解き、馬の尻を力任せに平手で打った。

白馬はひと鳴きして蹄で地を叩き、乾いた竹の落ち葉を高高と扇状に舞い上げて、竹林の外へ向けて駆け出した。

と、赤装束の一人が、刀を腰撓めにして矢のように白馬に突っ込んだ。速い。

そうと気付いた吉宗が、「走れ、行け……」と甲高く叫ぶ。殆ど悲鳴だ。愛馬にもしもの事があれば、五十五万石藩内の騒ぎだけでは済まない。

吉宗の悲鳴よりも遥かに速く、銀次郎の足が殆ど反射的に白馬を追っていた。

赤装束の切っ先が、白馬の横っ腹を狙って繰り出された。

届くか！

「うぬう……」

呻く銀次郎が形相凄まじく、地を這うような姿勢の低さで、腰撓刀の赤装束に肉迫。

月下を閃光の如く接戦状態に突入してきた恐るべき形相の銀次郎に、腰撓刀の赤装束が白馬斬殺を諦めて向きを変えた。

くわっと目を見開き猪突する銀次郎。

両者が撃突し、竹林にドン、バシンという大太鼓を乱打したような音が弾けた。

吉宗が目撃できたのは、撃突した両者が二、三合を猛烈に打ち合った瞬間だけだった。

ならばキン、チャリンと響く鋼の音を耳が捉える筈なのに、吉宗は大太鼓の乱打音を確かに耳にしていた。

次に彼が目にしたのは、地から天に向かって激しく跳ね上げられた赤装束の姿だった。

悲鳴もなく月光の中に錦絵の如く浮かんだ其奴の肉体が一回転半した直後、赤い片脚が胴から離れて吹っ飛んでいた。

鮮血が鈍い音を発して孔雀の羽状に噴き広がり、其奴の赤い片脚は矢車のように回転して吉宗に向かって飛んだ。

竹林を揺らす風切音。

吉宗が「わっ」と目を閉じ首を竦める。

片脚は吉宗の後ろの巨木に当たって鈍い音を発して跳ね、鮮血を撒き散らして吉宗の肩に落下した。

悲鳴を発する吉宗。

彼が受けた恐怖は、言葉に出来るものではなかった。

衝撃の余り、吉宗は眩暈を覚えたが耐えた。足元に落下した片脚が、皓皓たる月明りを浴びて、くにゃくにゃと蠢いている。主人の体から一瞬のうちに切り離されたことに、まだ気付いていないのだ。俺は生きている、という意識をまだ有しているのだろう。

白馬の蹄の音は遠のきつつあったが、このとき既に新たな赤装束二人が、銀次郎の左右から姿勢低く迫っていた。堂堂たる体軀の二人。

「ふ、二人とは卑怯なり。い、一対一とせよ」

吉宗は金切り声で叫んだ。恵まれた体格の五十五万石藩主には似つかわしくない、甲高い声だった。彼は、もしも銀次郎が殺られたら、という恐怖にいま見舞われていた。銀次郎に迫る赤装束二人が、彼には大変な強者に見えた。

「うるせえ、黙ってろ」

銀次郎が振り向いて吉宗を睨みつけた。その顔が返り血を浴びて阿修羅の面相となっていたので、吉宗は背筋を凍らせた。

銀次郎と吉宗との、その短い遣り取りを〝逃してはならぬスキ〟と捉えたのか赤装束二人が地を蹴った。

その瞬間に銀次郎がとった動きは、相手の意表を衝くものだった。

自分に向かってきた赤装束二人を全く無視するや、逆の方角へ二間近くも軽軽と飛翔したのだ。

その飛翔距離はおそらく、刺客たちの予想せざるものであった筈だ。

数数の酷薄非道と向き合い血まみれとなってそれらを撃破してきた銀次郎の闘

いの本能と力は、刺客たちの予想を遥かにこえて研き抜かれている。激しく野性的に。

銀次郎の備前長永国友が一閃し、太い青竹が斜めに断ち切られて乾いた音が轟いた。月明りまでが裂けていた。

青竹の陰で身構える赤装束が防禦をする間もなく、利き腕を切り飛ばされもんどり打って転げた。

すかさず銀次郎が体位を変える。

二人の赤装束が無言のまま銀次郎に突入した。仲間が目の前で立て続けに一撃のもと倒されているのに怯んでいない。

攻守三人の刀が激しく打ち合い、甲高い鋼の音と青い火花が月明りの中に散った。

吉宗は目を見張った。そして震えあがった。この二十数年間の恵まれた生活の中で、見たことも考えたこともない壮烈な真刀戦であった。我が目が信じられなかった。

と、銀次郎が半間ばかりを跳び退がった。押され始めたのか？　それとも疲労か？

いや、跳び退がるや銀次郎は眦を吊り上げ、備前長永国友をぐいっと大上段に振り上げた。腋がから空きとなる。

赤装束二人の内のひとりが、銀次郎の腋へ姿勢低く矢のように斬り込んだ。

「ぬん……」

銀次郎の腹から重い気合が迸り、燦燦たる月明りを夜気と共に割裂するや、その切っ先は相手の鍔を激打した。手首に渾身の力を注ぎ筋肉を膨脹させての痛撃な銀次郎の一打だった。

「わあっ」

刺客が初めて断末魔の叫びを発し、仰向けに地面に叩きつけられた。のたうちまわっている。

備前長永国友の切っ先が、鍔を断ち割りざま相手の手首を切断していた。

これが数数の闘いで会得してきた銀次郎の恐るべき斬り業だった。刀の切っ先ではなく、〝気力の一点集中〟で斬ったのだ。

もう一人の赤装束は、かなわぬと見てか、大きく後退した。

銀次郎は、初めから身じろぎひとつせず仁王立ちの巨漢にゆっくりと近付いた。

切っ先からポトポトと垂れ落ちる血玉。

「まだやると言うなら、一人も生かしてはおかぬ」

およそ一間半を空けて銀次郎が告げても、巨漢は無言。

「吉宗が狙いか。ならばその理由を問うても答えまいな」

銀次郎は更に二、三歩を詰めて止まり、低目正眼に身構えた。

が、巨漢は銀次郎の問いには答えず、彼に打たれて悶絶する配下に歩み寄るや、次次と心の臓に刀を突き立てていった。働きをなさぬ者には情けは無用、まさにそれだった。

吉宗は茫然の態で、処刑の光景に見入った。

「おい吉宗。凄い奴が身近にいて助かったな。だが、この幸運は二度、三度とはあるまいよ」

巨漢は吉宗を真っ直ぐに睨んで告げると、生き残った配下の者たちを従え、竹林の奥へ風のように消えていった。

銀次郎は刀を清めて鞘に戻すと、〝処刑〟された赤装束たちが身に付けているものを両刀に至るまで丹念に検ていった。しかし、身分素姓を示すものは何一つ無かった。

銀次郎は吉宗に訊ねた。

「赤装束の刺客ってえのは、はじめてかえ？　それとも以前に襲われたことが？……」

「はじめて見ました。恐ろしかった。呼吸が止まってしまった」

「連中が現われたのは、お前さんに理由ってえのがあるんだ。心当たりはねえのかえ」

「無い。強いて言えば御三家の一、紀州家の藩主であるということくらいであろうか……」

「最近何か、上様から直直に命令を受けたりしたことは？」

「ありません」

丁寧に答えて首を横に振る吉宗であった。

「では大老、老中、若年寄などの幕僚たちから、上様に代わって何事か依頼されたり下賜されたような事は？」

「無い。従三位・左近衛権中将に任ぜられて紀州藩五代藩主となったのは二十二歳の時（一七〇五年）で、既に数年が過ぎている」

「うむ……」

「伏見宮貞致親王の娘、真宮理子を妻（正室）に迎えたのが宝永三年（一七〇六年）で、その翌年（一七〇七年）十二月に権中納言に進んだ」

「そうであったな」

「しかし、妻の真宮理子は宝永七年（一七一〇年）六月に流産がもとで亡くなってしまった。私にとっては大変辛い出来事で、それ以来私は妻を娶っていないし、これからも正室を持つ気はない。愛しい人であった理子の死は、私にとってまさに悪夢であった。このように銀次郎殿、私には他人から妬まれるような事など、何一つ無いぞ」

「いや、ある……」

「ある、と？……」

「次なる将軍の座に近い、御三家大藩の藩主である、ということが**それ**だ」

「冗談ではない。私が強く望んで得た藩主の座ではない。なんなら返上してもいいぞ」

「馬鹿を言いなさんな。まかり間違ってもそのようなこと、江戸城中や紀州藩士たちの前で口にしちゃあなりませんぜ」

「うん。それくらいの常識は心得ておるわ」

「まったく困った御人と親しくなってしまったもんだわ」

銀次郎は血まみれの顔で月夜の空を仰ぎ、本当に困ったような表情を見せて溜息を吐いた。その銀次郎の血まみれの横顔を見つつ（なんと凄い男……まるで暴れ熊じゃ）と、吉宗は舌を巻いてしまった。

四十四

次の朝早く、銀次郎は居間でコトに手伝わせて身形をいつになく、正しく調えた。上品な薄緑色の着流しの上から渋い茶系の仙台平の半袴。そして桜伊家の家紋が銀糸で刺繍された濃紺の肩衣——麻の単仕立ての——を羽織った。

「旦那様……」

と、**コト**が調った着物の前後ろを丹念に検てまわり小さな着皺を正しながら、不安そうな表情を拵えた。

「ん？……なんだね」

「お訊きしても構いませんかのう……急に消えてしもうた**滝**さんや**浦**さんから、旦那様への余計な口出しはならぬ、と強く言われておりますけんど」

「今日の行き先が心配か？」

「へえ。旦那様がこんなに男前衣装に凝りなさることなんぞ、これまでなかったことじゃけんなあ」

「ははっ……男前衣装ときたか、**コト**や」

「へえ。よう似合うとります。旦那様は体格も表情も言葉もみんなみんな、やさしくて男前やさかいに、ほんま、この衣装よう似合うていますよ。素適じゃけん旦那様」

「**コト**はときどき不思議な言葉を用いるのう。しかもそれが聞く者の耳に、しっとりと染み込んでくる。体格も表情も言葉もみんなみんな、やさしくて男前やさかいに……なんてえ褒め方をされたのは、ははっ……生まれて初めてだよ**コト**。

行き先は全く心配の無い所だ。安心しなさい。善い人ばかりがいる所だ」

「そんなら、よろしいのですがのう……」

「昨夜は血まみれとなって、小うるさい客を連れて帰ってきたからなあ。悪かった、すまぬ。**コト**にも**杖三**にもすっかり不安を与えてしもうたな」

　このとき、**杖三**が真っ白な晒しを手にして、土間に現われた。

「おい**コト**。お出掛けなさる旦那様に、あれこれお声掛けするもんでねえ。失礼じゃろがや」

「判ってるよう。あんたに言われなくたって……」

「旦那様、お刀をちょっと……」

　杖三はぺこりと頭を下げて居間に上がると、床の間の前で正座をした。

　杖三がやり始めたのは、刀掛けに掛かっている備前長永国友の大小を、鞘払いはせずに晒しで丹念に拭き清めることだった。

　鞘には幾つかの血玉が付いていたが、**杖三**はその血玉に親指の腹先を押し当てて湿らせ、晒しで取り除いた。決して、ハアッと鞘に息を吹き掛けるような非礼はしない。

「有り難う、綺麗になったな杖三」

銀次郎はにっこりとして刀を受け取ると、ヒヨッという帯鳴りが生じぬよう静かに通した。

コトが言った。

「夕餉はどう致しましょうかのう旦那様。なにかお望みのものはありませんかな」

「これコト。それが余計なことだと言うんじゃぞや。旦那様は正装でお出掛けなさるんじゃないか。きっと色色な御人とお会いなさる。それが判らんのかやもう」

杖三の言葉に銀次郎は苦笑すると、コトに小さく頷いて見せてから居間を出た。

外は快晴であった。見渡す限り雲ひとつ無い青空だ。

だが、隠宅を出て、お萩が住む百姓家の方へチラリと視線を走らせた銀次郎の表情は、青空のように決して明るくはなかった。

四十五

「たのむ銀次郎殿。何とかしてくれ。あのお萩が忘れられんのだ。やさし気な顔立ちが亡くなった妻（伏見宮貞致親王の娘、真宮理子）によう似ておるのだ。お萩の三人の子も一緒に迎えて大事にすると約束する。正室には出来ぬが、第一側室に位置付けて大切に大切にすると誓う。だから、力を貸してくれ銀次郎殿」

不機嫌な表情で青空の下を往く銀次郎の耳の奥に、御三家の一、紀州家五十五万石の藩主、徳川吉宗の昨夜の言葉がまだはっきりと残っていた。**怖くて重大な相談事**の他に、言葉巧みに**お萩の件**を付け加えられていた銀次郎だった。

銀次郎の表情が不機嫌そうなのは、その言葉を吐いた時の吉宗が目にいっぱい涙を浮かべていたからである。

（あ奴、血の雨が降った直後であると言うのに、ようもぬけぬけと涙など……）

銀次郎はギリッと歯を噛み鳴らすのであった。が、吉宗の言葉にどうやら偽りが無いと判っただけに、余計に腹立たしいのだ。お萩に大藩の藩主である吉宗が本気で惚れてしまったらしい、と判って一層腹立たしいのだ。

（お萩を紀州家五十五万石の第一側室にか……）

ううむう……と今さらながらに呻くほかない銀次郎だった。自分に対する吉宗の必死の頼みが、紀州家藩主としての**正式な要請**と理解出来ぬ筈がない銀次郎であったから、尚のこと息苦しいのだった。

「困った……」

と、思わず漏らして、銀次郎はハッと我に返った。いつの間にか、四盤敷（しばんじき）が綺麗に調っている小路の入口に立っていた。

木（こ）の葉（は）ひとつ落ちていない長い小路の突き当たりには、平安時代後期の特徴をよくあらわしている唐破風（からはふ）のついた門（唐門（からもん））が、銀次郎に対し宏壮な姿を見せていた。

室町（むろまち）真安禅寺派の大本山『**真安禅寺**』である。大番頭（おおばんがしら）六千石**津山近江守**（おうみのかみ）**忠房**の菩提寺であり、銀次郎との所縁（ゆかり）切れることのない**艶**（えん）の墓も津山家の家族として扱われこの真安禅寺にあった。いよいよ七回目の墓参である。

銀次郎は、高さがやや抑（おさ）えられた築地塀（ついじべい）に挟（はさ）まれた小路を、ゆっくりとした歩みで進んだ。

この築地塀は、江戸では数少ない尼寺として知られる『春香寺』および『古様寺』の敷地を護っている塀だった。徳川家の援助が厚いことでも知られた尼寺だ。

それでも銀次郎は辺りに用心しながら、四盤敷の調った美しい小路を奥へと進んだ。血みどろの闘いが昨夜あっての、今朝である。赤装束の刺客の狙いが徳川吉宗にあったとしても、刺客らを阻みそして倒した銀次郎も、油断は出来ない。相手が何者であろうと恐らく銀次郎を、吉宗派、と捉えているであろうから。

銀次郎が春香寺の前を通り過ぎようとしたとき、質素な小拵えの門内を掃き清めていた若い尼僧が、「おはようございます」と帚の手を休めて御辞儀をした。過去六回の墓参では四度ばかり挨拶を交わしている尼僧であったから、銀次郎も歩みを休めて無言のまま笑顔で丁寧に腰を折った。

「あの……若し宜しければ、お抹茶でも……」

「あ、いや、またいずれ……」

このとき銀次郎ははじめて相手の顔を、よく見た。過去六回の墓参では挨拶の声を掛けられても、無言のまま会釈をして通り過ぎるだけだった。

銀次郎は一瞬ドキンとなった。べつに**艶**と容姿が似ている訳ではなかったが、年若い尼僧だけに**艶**と重なった。**艶**は小柄ではなくどことなくひっそりとした肉感的な印象があって、どちらかと言えばその清潔そうな妖しさは、黒兵に近かった。もっとも、その黒兵が銀次郎の頭の中では今、どれが影武者でどれが本物、などとややこしくなっている。

真安禅寺の宏壮な唐門の前まで来て立ち止まった銀次郎は、威儀を正し丁重に腰を折った。

銀次郎の今日の改まった衣装は、公服と称してよいものだった。

過去六回の墓参では、彼は地味な色の着流しだった。今日、衣装をいささか位高く改めたのは、暫くの間、**艶**に別れを告げるためだった。いや、**艶**に別れをと言うよりも、**津山近江守忠房**にかかわる一切から離れる必要がある、と決めたのだ。

振り返れば、自分がかかわる誰彼が次次と素姓知れぬ刺客に襲われつつある、と判断せざるを得ない銀次郎だった。とりわけ幕府の上級の要職に就いて『剣術と権限』を武器に激しい勢いで『**邪ま**』を打倒し始めてから、様様なかたちの刺客の出没が増えていると彼は捉えている。

何の罪も無い**艶**が俺のせいで死んだ、という銀次郎の悲憤慷慨はうねる荒波の如く強かった。下手人が判れば、それが如何なる大組織であろうと、如何なる位高き組織であろうと、**必ず斬り刻む**、という凄まじい執念を消していない。ときおり己れのその激烈に過ぎる**報復主義**の気性に、ゾッとなる事がある彼ではあったが……。

銀次郎は三門を潜った。静かな気持になっている自分が、満足だった。

そろそろ黒兵が見えている頃だろう、と思っている。一番の関心は、はたして**影武者の黒兵**が来るのか、それとも**本物の黒兵**が現われるのか、であった。

今日、若し**影武者の黒兵**が現われたならば……。

黒兵との、いや、黒鍬衆との関係は今日限りで絶つ。

そう心に強く決めている銀次郎だった。それくらいの誇りは持ってよい、と自分に言い聞かせて隠宅を出てきた。

境内に入った銀次郎は、少し先の銀杏の巨木のところまで進み、傍に建っている真四角な拵えの屋根——方形造と言う——を持つ**真安解脱堂**に掌を合わせた。

深閑たる静けさの中に、何処からかカーンと心地よく澄んだ僧都（添水、案山子とも）の音が伝わってきた。流水と太い竹と石から成るその拵えが、この寺のどの辺りに設けられているのか、銀次郎はまだ知らない。

『**苦行像**』を祀る**真安解脱堂**は住職**学庵**が、訪れた参詣者に色色な話をやさしく説いて聞かせる場所だった。

『**苦行像**』とは、お釈迦さまが悟りを開くために、断食などの苦行に入っている尊い姿を像としたものである。その代表的なものとして、**山梨県の恵林寺**の像が知られている。釈迦如来像がはじめて造られたのは西北インドのガンダーラ地方で、紀元一世紀頃のことだ。

合掌を解いた銀次郎は、経蔵の前を過ぎて、梅林へと入っていった。毎年よく大きな梅の実を付ける梅林として檀家に知られている。

銀次郎は木洩れ日が降る梅林を、南方向へゆったりとした足取りで進んだ。

彼はまだ知らなかった。行く手に大衝撃が待ち構えていることに……。

四十六

銀次郎は日が降り注いで明るい梅林を、用心しながら慎重に進んだ。御三家の一、五十五万石紀州徳川家の主人吉宗を襲った、赤装束の刺客を討ち倒した直後なのだ。何処に赤装束の目が光っているとも限らない。この梅林で、黒鍬の女頭領黒兵が、何者とも知れぬ刺客たちに襲われたことを、銀次郎は承知している。それは丁度、彼が体内に入った猛毒と生きるか死ぬかの戦いにあった最中のことだった。

梅の花咲けるを見れば君に逢はずまことも久になりにけるかも

おそらく銀次郎のことを想って黒兵がこの梅林で詠んだ、あでやかにして香り高い五七五七七（短歌）である。むろん銀次郎はこの歌についてまでは知らない。広い梅林を南へ抜けると墓地の出入口である、梅見門と称する小拵えの質素な門が静かに銀次郎を待っていた。

銀次郎は立ち止まり、梅見門に向かって合掌し頭を下げた。これまでの六回の墓参でも、これは欠かさなかった。墓地に眠る多くの魂に対しての、それが銀次郎なりの作法であり挨拶だった。これまでに大勢の刺客剣客と争ってことごとくを容赦なく倒してきた銀次郎なりの、ま、懺悔とも言うべきものだった。

梅見門を潜れば、ほぼ真っ直ぐな彼方に、大番頭六千石**津山家**の苔生した古くて大きな墓石・宝篋印塔の上半分ほどが望まれる。

銀次郎は周囲を見まわして異常が無いのを確かめてから、梅見門に踏み入った。

この寺院までは徹底して尾行に注意を払い、勝手知ったる路地から小路へ、小路から路地へとなるべく表通りを避けてやって来た銀次郎だった。

梅見門を潜った銀次郎は、念のために再度引き返して、あたりを鋭い目で見回した。

ひっそりと静まり返った梅林は、名状し難いほど崇高な気品を、僅かにさえも乱してはいなかった。

銀次郎は安心して小さく頷き、梅見門を潜った。

そして津山家の宝篋印塔へ足音を忍ばせるようにして近付いてゆきながら、〝期待〟に胸を乱した。

艶の墓に詣でる今、その〝期待〟が道理に背く怪しからぬ事であることは、充分に承知している。

承知してはいるが、「構わぬ……」という強い気分に陥っていた。

背の高い宝篋印塔の――つまり津山家墓所の――全体が目にとまる位置まで来て、銀次郎は立ち止まった。

区画を広くとった津山家の古く重重しい墓所の左側に、艶の真新しい小拵えの墓石があって、その墓前で今、ひとりの女性が銀次郎に背中を向け、両の掌を合わせていた。

身じろぎひとつせず、合掌に集中しているかの如くであった。

髪は御所風髷に結っている。天和から元禄にかけて上流階層から庶民階層、色町にかけてまで大流行した髪型だ。結ったかたちが確りとまとまって美しく品があり、激しい動きにも乱れ難いのが特徴だった。

着物は墓参を考えてのことだろう。小さな五つ紋付きの黒に近い濃紺の単衣に、九寸幅と見れば判る丸帯を後ろ結びにしている。腰を下ろした膝の上にチラリと見えている折り畳んだ衣裳らしき濃紺の物はおそらく、単衣の上から着る羽織に相違ない。

銀次郎は一体どうしたのか、立ち止まった位置から動かなかった。熟っと、合掌する女性の後ろ姿を見守っている。

やがて、女性は合掌を解いて膝の上の物を手に静かに立ち上がると、それをふわりと羽織った。

そして振り向いた女性だったがその視線は銀次郎を捉えず、力なく足下に落としていた。

溜息を一つ吐いた銀次郎は彼女が傍にやって来るのを待って、近頃の彼には珍しいほどやさしい表情をつくった。

女性は銀次郎の前にやってくると、漸く端整な面を上げて彼と目を合わせた。

「黒兵……」

「はい」

「よう来てやってくれた。有り難う……」

「はい」

二人の会話はそれだけだった。銀次郎は口許に和らいだ笑みを微かに浮かべたが、**凄みの黒兵**と称されている黒鍬の女頭領黒兵は、愁いのある調った表情で言葉短く応じただけだった。

銀次郎は踵を返し黒兵の前に立って、ゆったりと歩き出した。**艶**の墓に詣でないのであろうか？　三、四歩の間を置いて従う黒兵も、そのことを気にして口にする様子がない。足下に視線を落として歩む姿は、どこか悲し気に見えた。

二人は梅見門を出て梅林に入ると、落ち葉を鳴らしながら三門とは真逆の方向へ歩き出した。

「黒兵。お前が何者とも知れぬ刺客たちに不意に襲われたのは、この辺りだな」

歩みを少し緩めて、銀次郎は辺りを見回した。

「左様でございます。当山を血で汚してしまい取り返しのつかぬ事を致してしまいました」

「お前が悪い訳ではない。**学庵**和尚もそれは御承知じゃ。その争いで受けた頬の傷は綺麗に治ったのか」

「まだ少しうっすらと……」

「よし、検てやろう。後ろに従っていなくともよい。私と肩を並べなさい」

「はい」

黒兵は何故か遠慮がちな様子で、歩みを止めた銀次郎の隣にやって来た。

「どれ……」

銀次郎の両の手が、黒兵のすべすべとした頬にそっと触れようとした刹那、彼女の足は銀次郎の手から逃れようとでもするかのように、すうっと一歩下がった。

「申し訳ありませぬ。この梅林は艶様の墓所がございます当山の境内。指先と言えど私の体に触れぬよう御配慮下さりませ」

か細い声で訴える黒兵であった。

「うっ……あ……判った。うん」

銀次郎は表情をいささか硬くして頷くと、自分から黒兵との間を詰めて顔を近付けた。

「なるほど。刀創だとうっすらとは判るが、まあ、消えていくだろう。五体刀傷だらけの俺が言うのだから間違いない」

「俺、などという御言葉は、銀次郎様にはお似合いではありませぬ。お止しなされませ」

「お、本黒鍬か影黒鍬かはまだ判らぬが、漸くいつもの凄みの黒兵らしい口調になってきたな……ともかく歩こう。この梅林を三門とは真逆の方へ抜けると、綺麗なせせらぎの花道に出る」

「花道?……」

「うむ。名も知らぬ小さな白い花が、小道の両側に咲き乱れておるのだ。黒鍬者のお前が知らぬとは意外だのう」

「黒鍬者は仙人でも虚空蔵様（限りない知恵、千里之眼、深い慈悲を持つ菩薩様）でもございませぬ。厳しい鍛練に耐え抜いた当たり前の人間に過ぎませぬ。知らぬ事、解せぬ難題、立ち向かえぬ困難など、幾つも抱えておりまする。なれど銀次郎様……」

「ん?……どうした」

「先程……」

と、黒兵は今きた道を振り返った。

「私が何者とも知れぬ者たちに襲われた場所を、銀次郎様は言い当てなされました。どうしてお判りになられたのでございますか」

「俺……いや……私にも判らぬ。うまく言えぬな」

「え?……」

「あの場所……」

と、銀次郎も振り向いて言葉を続けた。

「あの場所に近付いた途端、背中がゾクリと疼いたのだ。痛いほどにな……幾度も争いを潜り抜けてきた故の、本能の疼き、とでも言うのかのう」

「本能の疼き……」

二人の会話はそこで終わり、再び二人は歩き出した。

「梅の花も実もなる時季ではありませぬけれど、微かに香りが漂っておりますような……」

「うむ……確かに梅のな」

梅林を囲む竹の柵が二人の先に見えてきた。サラサラという流れの音も伝わってくる。

二人は柵の切れ目から外に出た。

「まあ、美しい景色でございますこと……それに白い小花の咲き乱れる花道」

二人は佇んで、豊かに広がる田園の風景に見入った。

「江戸近郊とは思えぬ光景であろう。生まれた古里を想い出しはせぬか」

「………」

黒兵の古里を知りたいとする銀次郎の然り気ない誘い言葉であったが、黒兵は乗ってこなかった。

「黒兵や……」

「はい」

「私は今日、必ずお前がここ真安禅寺を訪れるであろう、と確信しておった。もっともその確信へは、今朝早くに漸く辿り着いたのであったがな」

「銀次郎様に心からお詫び致さねばなりませぬ」

「なあに。詫びる必要などない。いま私の目の前にいる美しくも妖しい黒兵こそが、三人の影武者の一人であり本物の黒兵その人であった……どうだ、違うか」

黒兵は、こっくりと頷いて肩を落とした。

「そう悄気るな。私はべつに怒ってはおらぬ。私を含めて周囲を見事に惑乱させよったが、そうするにはそれなりの深刻な事情と言うのがあったのであろう」

「幕府権力に、黒鍬組織を二分割にせんとする強い動きがございました」

「なにっ……」

聞いて銀次郎の顔色がサッと変わった。

「ご安心下さい。銀次郎様が表に立つまでもございませぬ。柳生家をはじめ新井白石様や我らの御支配役和泉長門守様（銀次郎の伯父）たちの地に潜った粘り強い御尽力により、黒鍬分割論を強硬に主張しておりました権力者たちは瓦解いたしました」

「瓦解した其奴らの名を申せ。知りたい」

「それは出来ませぬ銀次郎様。秘匿事項にございますゆえ黒鍬の頭領の立場では申せませぬ。どうしても知りたいと申されるのでございましたら、伯父上様（和泉長門守）にお尋ね下さりませ」

「ふむう……そうだな。すまぬ」

「本当に綺麗な花道ですこと。心が奪われてしまいそうな」

黒兵は話をやわらかく逸らすと、そっと道端に腰を下ろし咲き乱れる小花を眺めた。

小道に沿ってせせらぎがあり、その向こうは遥か彼方まで青青とした田畑であった。

左手方向によく繁った竹林があり、赤い鳥居の立っているのが見えた。

その森の上に霊峰富士の山が覗いて見える。

銀次郎は辺りに険しい視線を走らせたあと、表情を和らげて黒兵と肩を並べ腰を落とした。

「黒兵……どれ、飾ってやろう」

銀次郎は白い小花を一輪いたわるように捥ぐと、黒兵の髪に挿してやった。

「似合うぞ、とても似合う……」

「ふふっ……」

黒兵は銀次郎に背を支えられるようにして、恥ずかしそうに立ち上がった。

「幾度も言うようだが、お前は着物にしろ髪型にしろ何でもよく似合うなあ」

「銀次郎様、向こうの赤い鳥居の竹林まで、歩いてみとうございます」

「お前、今日のお役目は大丈夫なのか」

「大丈夫でございます。お役目に支障が生じるような事は致しませぬ」

「お前の警護の者は？」

「何百もの兵に相当する心丈夫な警護が、目の前にいらっしゃいます」

「そうか……そうだな、よし、歩こう黒兵」

黒兵は切れ長な二重(ふたえ)の目を嬉しそうに細めると、はい、と頷いた。

二人は肩を並べ赤い鳥居を目指して、ゆっくりと歩き出した。

歩き出して直ぐ、銀次郎は自分の左手に、そっとした……まさにそっとした、としか言い様(よう)のない可愛い温かさを覚えた。

黒兵の右の手が、自分の手に浅く触れているのだと判った。

「見渡す限り誰もおらぬのだ。小さな白い花たちと二人しかおらぬ。遠慮するな」

銀次郎が彼方の鳥居を眺めたままやさしい調子で言うと、か細く「はい……」と応じた黒兵の手が漸く銀次郎の掌(てのひら)と合わさった。

「すがすがしい天気だな。雲ひとつ無いぞ」

「澄み渡った心地よい天気に、銀次郎様の今日のきりりとした衣裳が似合うていらっしゃいます」

「が、**俺**は苦手だな。おっと、この衣服で**俺**はいかぬか？……**私**言葉は城中だけにしたいのだがなあ」

「ここには私しかおりませぬ。**俺**、**私**の選択はお好きになされませ」

「ははっ……うん。ところで黒兵。今日のお前について今一度、念を押しておきたい。お前、真の黒鍬の頭領、加河黒兵であろうな」

「仰せの通りでございます」

銀次郎の掌に触れていた黒兵の手指に、僅かに力が加わった。

「加河黒兵と言うのは、黒鍬の頭領としての姓名なのであろう。違うか？」

「………」

「本名……真の名があるのなら知りたい。教えてくれ。誰にも言わぬと誓うぞ」

「私が構えて名乗らずとも、時の自然な流れがきっと銀次郎様のお耳へ、届けて下さいましょう」

「まるで謎のような言葉だな……が、それでいい。真の名が別にあると打ち明けてくれたも同然だから」

　黒兵は赤い鳥居の方を眺めたまま頷いた。

「俺はのう黒兵や。宵待草（夜の社交界）の姐さんたちに、拵屋銀次郎の名で呼ばれていた化粧、着付け、髪結いの名人らしいのだ」

「ええ、既によく存じている事でございます。でも、らしいのだ、とはどういう意味なのでしょう？」

「化粧はな。紅や白粉や眉墨と言ったものを、俺が自分の手で直接用いて施してやるのだが、着付けとか髪結いは、その道の者を使って、ああしろこうしろと私がやらせるのだ。だから拵えの何も彼もの名人、と言われるのはなあ……化粧については名人の自信はあるがね」

「機会があれば黒鍬の私とて、銀次郎様のお手でお化粧をして戴きたく思います」

「ほほう、そこまで言うてくれるようになったとは嬉しい……いいとも、その内にな」

　二人はせせらぎに架かった木橋を並んで渡り、今までよりもやや広めな小道に入った。

「おお……この小道の両側に咲き乱れている花は白ではなく、薄い黄色だなあ」

「本当に。なんと可憐なこと……」

「どれ。黄色い小花も髪に挿してやろう」

「まあ……」

「どうした。嫌か？」

「いいえ。なんだか予期せぬ夢を見ているような出来事でございます。私にとりましては……」

「夢、よいではないか。その若さで険しい激動の人生を歩んでいるのだ。そろそろ夢を見ろ。楽しい夢をな。お前は何をしても似合う、何をしても妖しく美しい」

「過ぎたる御言葉でございます。それゆえ怖くもございます。何かの力で自分がふっと消されてしまうのではないかと」

「安心しろ。消えはせぬよ。お前が消えるような事は誰にもさせぬ。この俺がな……」

二人はせせらぎの畔に立つ銀杏の木の下に差し掛かっていた。

せせらぎには、ささやかな川原があって、大人ひとりが漸く立てる程度の其処は、黄色い小花で埋まっていた。

少しばかり上手の方では、小道の法面が川原に向かって広くひろがっており、黄色い小花に代わって薄の群落だった。

「おいで……」

銀次郎は前に立って五、六歩を下りると、花咲き乱れる狭い川原に下り立った。

足下を僅かでもよろめかせることなく、ふわりとしたそよ風のような品の良さで、黒兵が川原に下りたのはさすがだった。そよとした風が川原を吹き抜けるたび、薄黄色い小花は茎から次次と離れて、紋黄蝶のようにひらひらと宙に舞った。

御天道様が動いたのであろう、花の小道を覆っていた銀杏の木陰までが川原に移って、銀次郎と黒兵を包んだ。濃い木陰だった。

銀次郎は川原の小花を右の手で一輪摘み取り、黒兵の髪に挿してやった。

「お前は本当に黒鍬の頭領なのか。何かの間違いではないのか」

右の手を黒兵の髪に軽く触れたまま、銀次郎は、まじまじと彼女の整った顔を眺めた。美しい、と心の底から思った。

「私は真の黒鍬の頭でございます、四百名にならんとする荒荒しい配下を指揮してございます」

「ふむう……」

「正真正銘の**凄みの黒兵**でございます。このような女子、銀次郎様はすぐにお嫌いになりましょう。きっと……」

「では、それを試してみるか？」

「え？……」

銀次郎は黒兵の髪に軽く触れていた右の手を彼女の背に下ろし、静かに引き寄せた。

黒兵は抗わなかった。切れ長な二重の瞼を閉じ、銀次郎の引き寄せる力に素直であった。

二人の唇が、触れ合った。

何か未知のものを恐れるかのように、黒兵の体は微かに震えていた。

いとおしい、と銀次郎は思った。**炎走り**が背すじで唸り出していた。猛る本能だった。

呼吸(いき)が切れるほど長い二人のくちづけが終って、銀次郎の唇が、黒兵の耳介(みみ)へと移った。雪山の白兎(しろうさぎ)のように辷(すべ)やかな黒兵の頰と銀次郎の刀創目立つ頰とが触れ合って、彼の唇が白兎の耳介(みみ)を噛む。一度……二度……三度と……それで白兎は喘(あえ)いだ。

その喘ぐ唇を、またしても銀次郎の唇がふさいだ。浅くふさぎ、強く触れ、深くふさぎ、弱く触れを繰り返され、白兎は両の手の爪を銀次郎の背に突き立てた。**凄みの黒兵**の異名には、不似合いなほど、ほっそりとした白くしなやかな指が、ふるふると震えていた。

二人の唇が離れ、細い涙のすじが一(ひと)すじ、黒兵の頰を伝い落ちた。なぜ？　と自分でも判らぬ白兎だった。はじめての経験だ。

銀次郎が白兎の耳許(みみもと)で囁(ささや)いた。

「黒兵……」

偉丈夫な男の、やさし過ぎると感じた声が、白兎の豊かな胸をふわっと突いた。

「はい」

白兎は閉じていた切れ長な二重の瞼を開いて、自分から男の瞳を見た。何故だか悲しそうな自分の顔が映っていた。

男が聴き取り難い小声で言った。頑丈な肉体に似合わぬかぼそい声、白兎は矢張りそう感じた。

「ややがほしい……」

「え？」

「ややがほしい、と訴えたのだ。俺とお前の……」

言ってしまった、と銀次郎は思った。後悔か何か判らぬ蔭みたいなものが一瞬、脳裏を過ぎったような気がした。

「………」

白兎は黙っていた。怯えたように体を縮めて黙っていた。返答する言葉が、直ぐに見つからないようだった。

「嫌か黒兵？……俺はお前の子がほしい。桜伊家の後継者としてのお前の子が」

銀次郎は、己れに確信を持たせるため、自分に向かって言った。

「後悔はなさいませぬか。私は黒鍬の者でございまする。身分や立場が余りにも違い過ぎまする」

漸くその言葉が出せた、白兎だった。苦しく悲しそうだった。

「後悔なぞせぬ。誓って……」

銀次郎は答えて、今度は軽軽と**凄みの黒兵**を抱き上げ、せせらぎの上手に向かって歩き出した。

白兎は、もうこの御方に何も彼もお任せしよう、と複雑に迷いながらそう覚悟した。鼓動が高鳴っていた。

背丈に恵まれる銀次郎でさえ、すっぽりと隠してしまう薄の群落が、二人を待ち構えていた。

銀次郎は立ち止まって、白兎のやわらかな形のよい唇を、己が唇で労るように噛んでやりながら、告げた。

「黒兵や、二人して**乱れ草**になろう。ここで**乱れ草**に……構わぬか？」

「銀次郎様の想いのままで……構いませぬ」

「**乱れ草**ぞ……いいのだな」

銀次郎は**乱れ草**の意味を、自分が『求めているような姿』で黒兵が理解しているかどうか、不安になって念を押したのだった。

しかし、**凄みの黒兵**の教養の深浅（しんせん）は、銀次郎が不安に思うようなものではなかった。

黒鍬の者を上から見下している己れの教養の程度こそが不安に値（あたい）する、という強烈な反省を彼は突きつけられたのである。

それは白兎が目を閉じそっと呟（つぶや）くようにして漏らした、次の和歌（うた）によった。

「川原辺（かわらべ）のすすき押（お）しなべ降（ふ）る花（はな）に夫有（あなたえ）しいま幸（うれ）しく思（おも）ほゆ……」

銀次郎を前にして、いや、銀次郎に抱かれながら、はじめて涼やかな即詠歌で想いの熱さを打ち明けた黒兵の女心であった。そう、闘いから離れた、女心だ。

彼女は、銀次郎が口にした**乱れ草**が、**薄（すすき）の別名**であるとちゃんと心得ていた。しかも、夫有（あなたえ）しいま幸（うれ）しく……と熱い胸の内を訴えている。

銀次郎は黒兵を抱いて、薄の群落の中へ入っていった。

常磐薄（ときわすすき）の群落であった。茎の高さは長いもので八尺（およそ二メートル四〇センチ）にも達し、この薄（すすき）は真冬でも枯れることがない。銀次郎と黒兵には幸いであった。

銀次郎は、薄（すすき）の中に黒兵の体を労るようにそっと横たえた。

小風と戯れて宙に舞っていた小さな薄黄色い小花が、「ね、どうしたの？……ね、何があったの？」と言わんばかりに、ひらひらと二人に降り掛かる。

「黒兵、お前のややならば、男の子なら文武に富む逞しい侍に、女の子ならお前のように知恵に秀れた妖しく美しい娘に育つだろう。豊かな肢体に恵まれた……」

自分の言葉が終るのを、もどかしく感じる銀次郎だった。

白兎はもはや、ひと言も漏らさなかった。鼓動は乱れ、呼吸も荒れ出していると自分で判っていた。

「背中、小石や枯れ薄の根で、痛うはないか」

訊かれて白兎は、目を閉じたまま首を小さく横に振った。銀次郎の目には、黒兵の肩が怯えたように震えている、と見えた。

「俺は己れの生涯を賭けてお前を守る……」

銀次郎は白兎の体に負担を掛けぬよう、己れの頑丈な体を重ね彼女の耳許で囁いた。

「お前が……かわいい……たまらぬ程に」

銀次郎の手が、白兎の着物の帯を静かに解いてゆく。

帯を解き終えたその手が、白兎の胸元に移ると、なぜか黒兵の目尻に涙の粒が浮きあがった。

炎がつき、疼き出した、**闘う女**のはじめての恋の涙だった。

その涙がついに、恋慕の朱の花びらを一輪、激しく濡れて咲き開かせた。

四十七

銀次郎は賑やかな雀の囀りで目を覚ました。

広縁の雨戸は既に開けられ、朝陽を浴びて目に痛い程に真っ白な障子に、枝を大きく広げた庭木と何羽もの雀の影が映っている。

彼はゆっくりと寝床の上に体を起こした。

並んで敷かれていた黒兵の寝床は、きちんと折り畳まれて彼女の姿はない。

銀次郎は微かに漂ってくる味噌汁の香りをとらえて、両腕を上に伸ばし思い切り背すじを伸ばした。

乱れ草（常磐薄）と**紋黄蝶**と化して降りそそぐ可憐な小花に見守られて激しく結ばれた銀次郎と黒兵は、その日の夜、麹町の桜伊邸で炎と化し狂おしく確かめ合った。それこそ炎のように。

二度目の契りのために銀次郎が黒兵を桜伊邸へ誘ったのは、彼女に対する己れの言葉と燃え盛る本能が、単なる浮わついたものでない事を証すためだった。黒兵よ、お前はこの屋敷の奥（夫人）となるべき女なのだと……。

耳を澄ますと、トントントンと漬物か何かを刻む音が伝わってきて黒兵の立居姿を想わせた。桜伊邸の居間と膳所（台所）は決して間近な位置に造られている訳ではないが、銀次郎にとっては〝台所の香り〟を居間で捉えるのは初めての経験だった。

それが嬉しかった訳でもないが彼は表情にこやかに腰を上げ、寝着を着流しに替えてから両の掌を熟っと眺めた。肢体のどこに触れても吐息を乱し身悶えた黒兵のすべやかな肌の感触が、銀次郎の掌にではなく胸深くにいまだ濃く残っている。

ふうっと大きく息を吐いた銀次郎は、朝陽を浴びて眩しい障子に近寄ってゆき、静かに開けて光あふれる広縁に出た。

「ん？……」

銀次郎の表情が一瞬、怪訝そうに動いた。

長く伸びた広縁の右手方向、三本ある柿の木の下で、こちらに背を向け庭掃除をしている老爺の姿があった。

銀次郎は広縁を、老爺の方へと近付いていった。

「飛市ではないか」

後ろから不意に声を掛けられ、老爺は驚いたように振り向いた。

「これは若様……」

手にしていた長柄の竹帚を胸に抱えるようにして広縁に近寄ってきた老爺は、目を見張った。

「な、なんと若様。傷痕だらけのお顔、一体どうなされました」

「ははっ。傷痕のことは、まあよい。心配いたすな。この屋敷をたまには覗きに来てくれていたのか」

「何を仰いますことか。当たり前でございますよ。どれほど漁師の仕事が忙しくとも、月のうち三、四度は訪ねてございます」

「それは相済まぬ。道理で荒屋敷になっておらぬ筈じゃ。苦労を掛けておるな」

「この飛市、苦労などとは、思ってはおりませんですよ。おそれながら此処は今でも我が住居とも思うてござりますゆえ。へえ……」

「うん……」

　頷いて相好をくずし目を細めた銀次郎だった。この老爺飛市、女房の**イヨ**と共に桜伊家先先代の頃より屋敷に奉公していた。陰日向なく良く働く飛市は幾人かいた屋敷の下働きたちのまとめ役で、また女房のイヨも乳房大きく乳の出が良かったことから奥に上がって幼少児時代の銀次郎の乳母役にあった。

　銀次郎が当主となって以降、桜伊家は〝**先代の不謹慎**〟を原因とする『自発的蟄居謹慎』に入り、それがため家臣たちは次次と去り、飛市・イヨ夫婦も鉄砲洲浪ヨケ稲荷に近い亀島川河口（現、中央区湊一丁目～二丁目界隈）へ住居を移し、今は漁師を生業として束ね役（魚撈長）に就いている。

　飛市が遠慮がちに言った。

「若様が立派な御仕事にお就きなされたらしい事は、和泉家（銀次郎の伯父家）の台所へ魚介をお届けした折りに、賄婦のミノさんからそっと囁かれました。若しやそのお顔の痛痛しい傷痕は、御役目の辛さが原因ではございませんか。心配いたします」

「俺は侍ぞ飛市。無外流皆伝の剣客でもある。幕臣として御役目を進める上で一度や二度、不埒者と斬り合うことがあっても不思議ではなかろう。だが無茶はせぬ。先程も言うたように心配致すな。それよりもイヨも屋敷へ見えておるのかな。台所から何やら刻む音が微かに聞こえていたが……」

「はい。もちろん来てございます。私もイヨも勝手知ったる勝手門より入りまして、台所を覗きびっくり致しました。竈の上で御飯が出来あがりかけており、味噌汁も白い湯気を立てておりますのに、若様はお休みの御様子でしたから……」

「おい飛市。それはどう言うことだ?……」

銀次郎の顔色が少し変わった。

「どう言うことって若様……朝餉の準備を調えて竈に火を入れ、そのあとまた寝床へ戻られたのではありませぬか」

「馬鹿を言え。竈に火を入れたあと寝床へ戻るような油断を、俺がする訳がなかろう」

「はあ。それゆえ私もイヨも、何だか妙だな、と首をひねったのでございますがね」

「お前とイヨが台所を覗いたとき、誰ぞいなかったか？」

「誰ぞ、と仰いますと？」

「うーん、判った。もうよい。もうよいわ。ともかく朝餉の用意をしてくれ。頼んだぞ」

「はい、心得ました。台所の女房に急がせておきましょう」

飛市は怪訝そうな顔つきのまま、小急ぎに銀次郎の前から離れていった。

このあと銀次郎は、飛市とイヨに不審がられぬよう、ゆったりとした然り気無い動きで邸内の隅隅まで検て回ったが、黒兵の気配はどこにも無く、またどの部屋にも文ひとつ見つからなかった。

飛市・イヨ夫婦が不意に屋敷に見えたので風の如く消え去った、そうに違いないと銀次郎は思った。

（黒兵よ、何故に逃げたのだ。俺の妻になるのではなかったのか。黒鍬者という立場は、俺の妻になることがお前にとってそれ程に苦痛なのか……）

銀次郎は姿を消した彼女に向かって、胸の内でそう呟いた。

四百名にならんとする黒鍬衆の頂点に立っている**凄みの黒兵**である。だからこそ目立ってはならぬという〃戒律〃を厳守しなければならぬのだろうか？

朝餉を済ませたあと銀次郎は着衣を改め、すっかり口数が少なく表情が硬くなってしまった飛市・イヨ夫婦に、「お役目により今宵は屋敷へ戻らぬから……」とだけ告げて、居屋敷（生活屋敷のこと）を後にした。

銀次郎のいつもとは違う様子に、飛市・イヨ夫婦は表門に出て見送らなかった。やさしいが気性激しい銀次郎への接し方を、充分以上に心得ている老夫婦だった。

銀糸で刺繍された家紋入りの濃紺の着流しに、幅広の正絹角帯へ差し通した金色の**葵**の御紋が鞘に刷られた大小刀。そのきりりと引き締まった銀次郎の姿は、まさに天下無敵と称されるに値した。神君家康公から授与された『**永久不滅感状**』に加えて金色の葵の御紋が鞘に入った大小刀。いずれも誰もが容易く手にできるものではない。

銀次郎は、誰彼の目に止まることを避けるためであろう、なるべく表通りを選ばず、路地小路伝いに、目的の地へ向かった。屋敷を出る前から、行き先は決まっていた。

番町に在る伯父、和泉長門守兼行邸である。実に久し振りの訪問であったが、銀次郎の表情は硬かった。

桜伊家から和泉家までは、さほど遠く離れてはいないが、直ぐに行ける距離でもない。歩いて四半刻程度（三十分くらい）は要するだろうか。厳しい御役目に就いてからの銀次郎には、これまで禄高の増減が言い渡されてきたが（現在は無位無冠にして無給）、本来の桜伊家の家禄は五百石である。

五百石級の旗本で〝**戦闘的名門**〟として知られた旗本家だと、軍規上の家格維持のために二十名以上の家臣を抱えねばならず、また女中や下働きなど奉公人の数も少なくはない。桜伊家はこの〝戦闘的名門〟と称されていた家柄であるからこそ、『自発的蟄居謹慎』に陥ったことで家臣・奉公人たちは次次と去っていかざるを得なかった。名門桜伊家の〝経済的潰滅〟を防ぐためにだ。

因に現在、幼君（家継）政権の最高執政官という重い地位に就いている新井白石が家禄**五百石**だった当時、敷地六三三坪、屋敷二九八坪を与えられていた。まあ、分相応と言うところであろうか。

一方、銀次郎の伯父で筆頭目付、和泉長門守兼行千五百石くらいの邸宅になると、壮大な長屋門付きの敷地八〇〇坪、屋敷四五〇坪（うち御殿二〇〇坪）となって番町の一等地すなわち大身旗本街区に位置することとなる。

番町には改めて申すまでもなく、その町名が示すように将軍直属の御盾役戦闘集団として知られた大番組上級旗本の屋敷が優先して配置されていた。すなわち番町という町名は、大番衆の屋敷が配置されていることに由来しているのだ。

機嫌がいいとは言えない表情で歩いていた銀次郎が、袖内に（懐に）入れていた左手を出して、大番頭佐原河内守長宣五千石の巨邸角を右へと曲がった。

それは一体何を意味するのであろうか、銀次郎の口腔の奥でカリッと歯が嚙み鳴った。

静まり返りよく手入れされた**表**番町通りは、東から西へ向かって五千石屋敷ではじまり、一千石屋敷で終っていた。一千石を切って八百石までの准大身旗本家は、**裏**番町通りに目立っていた。町名の上に付いている**表**・**裏**に、それほど大した選別的意味はない。江戸城の**西北部にあたる番町**界隈は、森林台地を開発し旗本屋敷地として造成されたところで、開発当時に尾根筋であったところを**表**、そして谷筋であったところを**裏**としたに過ぎない。

銀次郎の歩みが、ふっと緩んだ。次第に近付いてくる伯父邸の表門から不意に、ひとりの男が現われたのだ。侍ではない。

銀次郎もよく知る、老若党の甚三であった。和泉家に長く奉公する仕事熱心で真面目な老爺で、薪割り、風呂焚き、庭掃除など何でも進んで嫌がらずにやる。

表長屋門の番所窓に、金槌で釘か何ぞを打ち込む様子を見せた甚三が、近付いてくる銀次郎に気付いて、アッという表情になった。

「これは桜伊家の若様。お久し振りでございます」

「変わりなく元気に致しておるか甚三」

「はい、この通り、元気だけが取り柄の年寄りです」

「番所窓が、どうかしたのか？」

「窓の格子が釘が錆びて、緩んでしまったもので……」

甚三は、銀次郎の顔が傷痕だらけと気付いている筈なのに、驚きの表情を見せることもなく、また何も言わなかった。

うっかり一歩を踏み出して余計な言葉を口から出してしまう……それは筆頭目付の屋敷に奉公する者として最も慎まねばならぬことだった。そのあたりの作法を、奉公長きに亘（わた）る甚三は心得過ぎる程に心得ている。

「今日は伯父上と伯母（おば）上（夏江）は？……」

「奥方様（夏江）はつい先程、奥付女中の麻葉（およう）さんを供に隼町の三千石旗本家の茶会に招かれ、お出掛けになりました。御殿様（長門守兼行）は午後より御登城なされるようですが、この刻限、まだいらっしゃいます。若様がお見えになられたこと、奥へ伝えて参りましょう」

「いや、いい。勝手に上がらせて貰おう。それからな甚三や、俺のことを若様はそろそろ止（よ）しにしてくれ。銀次郎と名を呼べ。いいな」

「は、はい。申し訳ありません。仰せのように致します。若様の、あ、いや、銀次郎様を幼い頃から存じ上げているもので、つい……」

「うん、その辺のところは理解しているのだが、もう大人扱（おとなあつか）いをしてくれ……ははっ」

銀次郎は甚三の肩を労（いたわ）るように軽く叩いたあと、短い笑いを残して六尺棒を手にした若い守衛が立っている表門を潜（くぐ）った。

石畳がやや右手方向へ一直線にのびており、銀次郎に気付いて玄関式台の左右に立っていたこれも年若い家臣二人が、驚いて直立不動となった。

「警備か？」

二人に近付いて、銀次郎は低く抑えた声を掛けた。

二人とも声を揃えて「はい」と答えた。銀次郎の傷痕だらけの顔に明らかに衝撃を受けている。

「何ぞあったのか？」

「いいえ。念のための用心に、と用人の山澤真之助様に命じられまして……」

小柄な方の家臣が緊張した顔つきで答えた。

「そうか……」

銀次郎が頷いて雪駄（せった）を脱ぎ式台に上がると、かなり古くなっている式台は鋭く軋（きし）んだ。

銀次郎は振り向いて、二人の年若い家臣に告げた。

「おい。この式台の床は実によい軋み具合じゃ。侵入者を驚かせるには事足りる。この床を修理するでないぞ」

「は、はい。山澤様（用人、山澤真之助）にそのように申し伝えます」

答えたのは矢張り小柄な方の家臣だったが、この時にはもう、銀次郎は腰の刀を右の手に移し奥へ向かって廊下を急いでいた。勝手知ったる屋敷だ。登城せぬ時の伯父が、たいてい書院に接した書斎に居ることを銀次郎は承知している。

中庭に面した長い廊下を勢いよく右に折れたところで、銀次郎は危うく一人の家臣にぶつかりかけた。

次席用人の高槻左之助（四十八歳）であった。身の丈は銀次郎とほぼ同じで五尺七寸余。今枝流剣法の皆伝者であった。

「こ、これは銀次郎様……」

お互いヒラリと右と左に避け合ったが、高槻左之助の方が抑え気味な声を先に発した。驚きの声をである。銀次郎の顔の目立ち過ぎる傷痕に衝撃を受け、久し振りに出会った挨拶の作法を忘れている。高槻左之助のその狼狽（ろうばい）振りを銀次郎は無視して訊ねた。

「伯父上は？」

「いま書斎にいらっしゃいますが、暫く誰も近付いてはならぬ、と申し渡されてございます」

「何故だ」

「判りませぬ」

「伯父上の書斎は、蔵書や重要文書で三方の壁面がびっしりと埋まっている。密談には書院よりも遥かに適している。誰ぞ密談を要する客が訪れた気配は？」

「全くありませぬ。玄関式台、中の口、勝手門その他必要と考えられる所へは、半月ばかり前より警備の者を張り付けておりまするが、そのいずれからも〝**密か なる客**〟が訪れたという報告は受けておりませぬ」

「わかった。これからも伯父上の身辺警護をひとつ宜しく頼む」

「それはもう、はい、お任せ下さりませ」

頷いた銀次郎は高槻左之助の肩に軽く手を触れると、奥へ向かった。

なるほど、庭から燦燦と日が差し込んでいるというのに、書斎の六枚の障子は固く閉じられている。

目付筆頭の立場にある長門守兼行が使う部屋はどれも、密談が可能なように厚い美濃紙の二重障子となっていた。障子と障子の間を幅二寸ばかりとって空気層を設け、室内の音声が室外へ漏れるのを弱める工夫がされていた。これはかなりの効果がある。

銀次郎は書斎に足音静かに歩み寄って、背中から日を浴び障子に己れの影を映した。

室内に伯父がいたなら声が掛かるであろう、と判ってやったことだ。

「銀次郎だな。入りなさい」

案の定であった。二重障子の向こうから、伯父の重く曇った声が伝わってきた。

重く曇った声、と銀次郎の聴覚が感じたのは、おそらく盗聴を防ぐために設え(しつら)られた二重障子のせいであろう。

「銀次郎入ります。立ったままで御容赦を……」

そう応じた銀次郎は、立った姿勢のまま左の手で二重拵えの障子を開けた。いったん腰を下ろした作法で障子を開けなかったのは、万が一に備えてのためだった。これまで数数の危機に直面してきた銀次郎は、内部が確認できない部屋へ踏み入る際の怖さを、嫌（いや）というほど経験している。

伯父はこちら向きに、文机（ふづくえ）を前にして正座をしていた。厚い美濃紙の二重障子のせいもあって、室内はやや仄暗（ほのぐら）い。

銀次郎は文机の前まで進んで腰を下ろし右の手にあった刀をそっと脇に横たえると、漸く伯父上に対し平伏した。

「伯父上にも伯母上にも御無音（ごぶいん）に打ち過ぎまして、真（まこと）に申し訳ございませぬ」

「おい、止せ。銀次郎」

「は……」

銀次郎は面（おもて）を上げ、険（けわ）しい表情の伯父と目を合わせた。

「すっかり不敵（ふてき）な面構（つらがま）えとなったお前が、きちんと平伏して挨拶をするなど気味が悪い……」

伯父は、銀次郎の脇にある**葵の御紋入り**の刀など、チラリとも見なかった。

「これはまた厳しいことを仰せです」

「いいから……色色と心配をしておったのじゃ。幕府長老たちのお前に対する評価は、群を抜いておる。が、それは誰よりも警戒されていることと紙一重の差でしかない」

「とうの昔に心得てございます」

「すまぬ……お前には余りにも大きな苦労を掛けてしもうた」

「伯父上が私に対し謝ることなどありませぬ。私は幕臣として与えられた御役目を当たり前の義務として忠実に遂行して参ったに過ぎませぬ。私がやらなければ他の誰かがやらねばならなかった。江戸柳生か、尾張柳生か、あるいは大和国の柳生忍か」

「お前が負いし苦労を途中で止めようと思えば、筆頭目付の儂に出来ぬことはなかった。しかし桜伊家再興を強く願っていた儂は、桜伊銀次郎血みどろなり、という黒鍬からの報告に目をつむってしもうた。もう少し頑張れ、もう少し頑張れ、とのう」

　銀次郎は伯父の言葉を聞いて、妙な気分に陥らざるを得なかった。

　伯父の言葉の一つ一つは実にやさしかったけれども、その表情は険しさを全く失っていなかったからだ。

「有り難うございます伯父上。伯父上の胸の内を知って、気持が温まって参りました」

「体中に受けた傷の中で、まだ痛みが残っているのは？」

「いえ、もう大丈夫です。柘榴のようになってしまった顔の傷痕も、日と共に薄くなってきております。医師も全く心配ないと言ってくれております」

「そうか……それを聞いて安堵したわ」

と言った和泉長門守であったが、にこりとする訳でもなく冷然たる目つきであった。

「ところで伯父上……」

「ん？」

「江戸市中を検て廻る機会があったのですが、私の思い出の場所、私がかかわった所などが次次とその姿を消しておりました。町民の力だけでは決して出来ぬ〝消滅〟であると私は捉えました。目付筆頭の伯父上ならば、旗本桜伊銀次郎の周辺で生じたるこの〝奇っ怪なる消滅の数数〟を、知らぬ筈はありますまい」

「承知しておる。全てな」

「では、伯父上の手によって為された事にござりまするな」

「為(な)したるは、間部(まなべ)越前守詮房(あきふさ)様と新井筑後守白石様の御二人じゃ。私の耳に入りたる時、この件は既にかなりの早さで動き出しておった」

「間部様と新井様が？……何故にまた」

「御二人には、お前に対する色色な考えや期待があったようでな。私の推量するところ、お前は月光院(げっこういん)様の強い推しなどもあって、幕臣として相当高い位(くらい)にまで昇進してゆきそうなのじゃ。そのためには町民の中に加わってあれこれと華やかに活動しておった過去の、**あの部分この部分**、が邪魔に或(あるい)は支障(ししょう)になると間部様と新井様は意見を一致なされたのであろう」

「勝手な……そのような昇進ならば、こちらからお断わりだ」

「愚(おろ)か者が。いい年をして子供のようなことを言うでない。お前は桜伊家の当主であろうが」

静かな口調であったが、ギロリとした目付きで銀次郎を一瞥(いちべつ)した伯父和泉長門守であった。気性荒く攻撃的な銀次郎を可愛いと思う情は、夏江（長門守の妻）よりも強い。

「伯父上。桜伊家は神君家康公より**永久不滅感状**を授けられた家柄ではありませぬか。その当主の身辺を当主の了解もなく雁字搦め(がんじがらめ)の金縛り状態にするなど納得できませぬ。**永久不滅感状**を破棄(はき)させて戴きます」

するとどうしたことか、長門守は莞爾(かんじ)と微笑んで、こう言った。笑みを瞬時に消し去って……。

「ほほう、**永久不滅感状**を破棄とな。よろしい、その場には私が立ち合(お)うて、そのあと老中会議へ報告するとしよう。目付の筆頭責任者としてな」

「お、伯父上……」

父とも思う和泉長門守に対し、己れの苛立(いらだち)を甘えてぶっつけたに過ぎない銀次郎であった。

「銀次郎よ。御役目に対するこれまでのお前の獅子奮迅(ししふんじん)は、真(まこと)に立派であった。たった一人の戦闘につぐ戦闘であった。よう頑張った。全身に浴びた傷は痛かったであろう。伯父として、筆頭目付として、お前には頭が下がる。幸せになってほしいのじゃ。なお立派になってほしいのじゃ、お前には。伯父のこの気持、判るな、え、おい銀次郎」

なんと、**最強の筆頭目付**の噂さえ立ち始めている和泉長門守の両眼が赤くなり出していた。そうと気付いて、銀次郎はうなだれた。

その銀次郎に対し、伯父は浅い溜息を吐いたあと、おそろしい言葉を口にしたのであった。

「黒兵がな……この私を密かに訪ねて参った……この屋敷へ突然にな」

「えっ、黒兵がこの屋敷へ……」

「未明のことじゃった」

「未明……」

黒兵の豊かな瑞瑞しいからだを炎の如く愛して、深い眠りに陥った刻だ、と銀次郎は振り返った。

「な、何用で黒兵は未明になど此処へ参ったのでございますか」

「**御役御免**を願い出よった」

「なんですって……」

銀次郎の胸の内を、衝撃が走った。予想だにしていなかった伯父の言葉だった。

「いくら理由を訊ねても、ただ一言、**潮時ゆえ**、と申すだけじゃった」

「伯父上、黒兵がいなくなれば、四百名にならんとする黒鍬衆の統率が……」

「そのようなこと、お前に言われなくとも承知しておる。が、言葉強く、**御役御免は許さぬ**、と告げても黒兵は引き下がらなかった」

「その時の黒兵の表情を、お聞かせ下され伯父上」

「姿は見えなんだ。黒兵らしく、声だけで接してきた。天井裏にいたのか、床下にいたのか、隣の部屋にいたのか、見当もつかなんだ。ただ、声だけは直ぐ目の前から聞こえてきたのは、さすが**凄みの黒兵**じゃ」

「なれど……」

「泣いておった」

「え……」

「姿を消す気配と、これでさらばで御座居まする、という声とが同時にあったとき……あの声は……まぎれもなく泣いておった」

「…………」

銀次郎は背に冷たいものが刺さるのを感じた。

「銀次郎お前、よもや上から下を抑える目で、黒兵に男として手を出したのではあるまいな」

「伯父上、何を根拠にそのような」

銀次郎の肩が思わず小さく震えた。

「申せ銀次郎。正直に申せ。四百名にならんとする黒鍬衆を掌握する魅惑的な女頭領に若し、手を出したとすれば、如何に**永久不滅感状**の家柄であろうと、只では済まぬ。老中若年寄が動く前に、目付筆頭のこの儂の手で、其方を叩き斬ってくれるわ。黒鍬は幕府の隠密情報組織ぞ」

「伯父上、黒兵を探し出してきます。馬をお借りしますぞ」

銀次郎は脇に置いた大刀をわし摑みにするや、障子に激突する勢いで脱兎の如く書斎を飛び出していった。

開けっ放しとなった障子の向こうに枯山水の庭を眺めながら、和泉長門守は深い溜息を吐いた。

「銀次郎が文武極めたる凜凜しい侍で、黒兵が妖し過ぎる肢体に恵まれた魅惑的な女であることに、もっと注意を払っておくべきだった……銀次郎贔屓の月光院様のお耳に入らねばよいが」

力なく呟いて、もう一度溜息を吐いた長門守の額には、深い苦悶の皺が刻まれていた。

四十八

銀次郎は和泉長門守の愛馬『飛竜』を江戸城に向けて走らせた。着流しのまま登城を考えているのであろうか。今朝の銀次郎は桜伊家の家紋が入った最上級の着流しを着ている。

が、登城のための公服とは認められていない。

銀次郎にもよく馴れている『飛竜』は、たちまち大手門前に着き、力強くひと声嘶いた。

この大手門に至る他の諸門は、もと『黒書院様』とまで称された銀次郎の全身を覆う名状し難い威風には、とても抗えなかった。なにしろ凄まじい創痕が彼の額、頬、顎、首すじなどに走っている。それこそが**無条件通過の鑑札**と言えた。そのうえ腰の刀には金色の**葵の御紋**が入っている。

けれども、江戸城最終防衛門の性格を有する大手門は、さすがに他の諸門のようにはいかなかった。

銀次郎はひらりと身軽に『飛竜』の背から下りた。大手門橋の袂に『下馬』の立札があった。

『下馬』の立札は、本丸への登城口に当たる大手門前の他に、内桜田門前と西丸大手門前（西丸への登城口）にあった。

が、譜代大名十万石以上の通用門である大手門前の『下馬』に限っては、とくに『大下馬』と称されている。他の『下馬』所よりも格が上ということなのだろう。

『飛竜』から下り立った銀次郎に、数名の門衛たちが駈け寄ってきた。もと『黒書院様』と気付いたのであろう。べつに血相は変えてはいない。

大手門の警備は、十万石以上の譜代大名二組が、交替で担うこととなっている。

「これは桜伊様。ご苦労様にございまする」

先頭を切って駈け付けてきた年輩の侍が、銀次郎の姓をはっきりと口にして丁重に腰を折った。

年輩の侍に続いて駈け寄ってきた門衛たちも、その作法を見習った。

銀次郎は穏やかな口調で言った。

「火急の用での登城なのだ。今日はこの通り公服ではないが、済まぬがこれを鑑札だと思うてくれ」

銀次郎は金色の葵の御紋が入った大刀を、守衛の組頭と思われる年輩の侍に差し出した。

「こ、これは……は、はい。確かにこの目で拝見いたしました」

「お主の耳に達しているかどうかは知らぬが、私は現在、無位無冠の身だ。その私が大手門を潜ったとなれば、お主は責任を問われるかも知れぬ。その時に備えて、私が下城するまでこの刀を預かっておいてくれ。きっと役に立とう」

「め、滅相もありませぬ。このように大事なお刀に、私ごときが手を触れる訳には参りませぬ。それこそ上席の者より厳しい叱りを受けまする」

「おい。面倒臭えことを言うな。ほれ……」

ガラリと口調を変えた銀次郎は、**徳川紋の入った大刀**を守衛の組頭と思われる侍の胸に押しつけるや、足早に歩き出した。

が、少し行った所で振り向くと、硬張った表情で大刀を抱えている侍にこう告げた。

「済まねえが、馬の面倒も宜しく頼む」

黒書院直属監察官・大目付三千石――ごく最近まで銀次郎の肩にのっていたその地位は、大老・老中・若年寄と雖も無視出来ぬものであった。なにしろ監察官であり大目付なのだ。しかも黒書院直属ときている。

黒書院とは将軍そのものを指しているから、徳川紋の入った刀を預けられた大手門の守衛が硬直してしまったのも無理はない。

城内諸門を殆ど何の問題もなく〝過去の威風〟で通過した銀次郎ではあったが、その姿が本丸正面の遠侍前・中雀門（御書院大門とも）に現われると、警備に当たっていた書院組番士たちは大慌てとなった。大手門の守衛とは比較にならぬほど、本丸内における銀次郎の**破格の立場**を、知り過ぎているほど知っているからだ。**おそれ多い人**、遠侍周辺を警備する番士たちは、そう言った目で銀次郎を眺めてきた。現在の銀次郎が無位無冠であっても、彼ら遠侍周辺警備の番士たちにとっては、そのようなことはどうでもよいことであった。

「ほ、本日の桜伊様のご登城、中雀門警備の我等の耳に入っておりませぬが、お訪ねになられます本丸内の執務詰所へ、我ら直ちに、**桜伊様お見え**、を伝えに走らせて戴きまする」

　中雀門警備の中年の番士が、顔色を変え小慌てに言った。

「いや、火急の用で参ったのだ。気遣わんでくれ」

「な、なれど……」

「密かに訪ねねばならぬ。私が訪ねたことで本丸内にざわめきが生じると、まずいのだ」

「さ、左様でございまするか。では本丸遠侍を警備する番士たちにも、そのむね只今知らせて参ります」

「うん。頼む」

　頷いて中雀門の階段を上がり出した銀次郎を残して、中年の書院番士は遠侍に向け駈け出した。とは言っても、遠侍玄関は中雀門の階段を上がり切った正面にある。

　銀次郎がその階段を上がり切ると、遠侍玄関から現われた十数名の番士たちが血相を変えて向かってきた。その理由を、銀次郎は承知できていた。

遠侍玄関前の広場は、ほんの少し前、銀次郎と複数の城中不法侵入者(テロリスト)（いまだ正体不明）との間で凄まじい戦いがあった。不法侵入者たちは銀次郎によって倒されたが、銀次郎もまた毒を体に射込まれ、瀕死(ひんし)に陥った。その時の肉体と肉体が激突した激烈な戦闘を、中雀門や遠侍の番士たちは目の前で目撃し、総毛立ったものであった。

番士たちにとって今や、銀次郎は武士の中の武士、憧(あこが)れの的ですらある。

遠侍玄関から駈け寄って来た番士たちは、銀次郎に対して深深と一礼するや、ひと言も発せずその周囲を取り囲んだ。

銀次郎を護(まも)っているのだった。この前の壮絶戦があってから、まだそれ程の日は経(た)っていない。

銀次郎は彼らによる警護を拒(こば)まなかった。護られながら遠侍玄関に入り、

「有り難う。心丈夫だった……」

と礼を述べて微笑むと、彼らから離れ険しい表情となって本丸内廊下を歩き出した。

あまり誰彼の目に止まりたくない、という気持が働いていたから、銀次郎は本

丸御殿の上級事務官僚たち（諸役人）でさえ余り近付かぬ方角を敢えて選んだ。
遠侍の廊下を左手へ（西方向へ）と歩み、江戸城中で最大の建物である**大広間**（約五〇〇畳）に沿うかたちで、なんと**松之廊下**へと踏み入った。まさに、踏み入った、という表現が似合うほどに、烈しい眼差しの彼だった。

大広間は諸大名を相手として、徳川将軍が最も権威を演じなければならぬ御殿であった。その意味では本丸御殿の中で最も格式の高いところであると言えよう。大広間内は、下座から将軍の座に向けて、下段の間、中段の間、上段の間と分かれており、その段差はそれぞれ約七寸（およそ二一センチメートル）だった。この三間の他に、二の間、三の間、四の間そして中庭などがあるが、既にこれまでに詳述してきているので、ここでは省略したい。

松之廊下は**畳廊下**である。板張の廊下ではない。

踏み入った銀次郎の目から見て、**畳廊下**は広い中庭に沿うかたちで**L**字形にのびていた。つまり彼は、**畳廊下**の突き当たりを右に折れて進むことになる。**L**字形の下辺の部分の長さ（東から西へ走る長さ）がおよそ一〇間半（約二〇・七メートル）、そして**L**字形の垂直辺の部分の長さ（南から北へと走る長さ）が約一七間半（およそ三四・

五メートル）、合わせておよそ二八間の長さであるから、まさに**大廊下**であった。

銀次郎は着流しに脇差を通した姿で、足音を殆ど立てず滑るが如く歩んだ。老中若年寄たちに着流しのその姿を見られたなら、大事（おおごと）となること必定（ひつじょう）であった。

今の幼君家継政権では、大老に井伊直該（なおもり）（彦根藩四代および七代藩主。正四位上、中将）の名があったが既に引退（隠居）の噂があって、銀次郎に睨みを利かす威光（いこう）強力なる存在ではなくなっている。大藩彦根の藩主を二度（四代および七代）も勤めあげ、また大老の地位にも五代綱吉（つなよし）将軍および七代家継将軍と二度にわたって就き、気力、体力相当に消耗していた。体調あまり宜しくない、という噂もある。

L字形の畳廊下を右へ（北方向へ）折れて、銀次郎の表情が一段と厳しくなった。それには理由があった。人の姿まったく見当たらない北方向へのこの長い廊下（約三四・五メートル）には、**徳川御三家**（尾張・紀州・水戸）の執務室（詰所）が並んでいるのだ。

静かに早く通り過ぎねばならない。

だが、紀州家の執務室の前まで来たとき、胸のざわつきを覚え始めていた銀次郎に、現実が襲い掛かった。

紀州家執務室の襖障子が開いて、正装の偉丈夫が現われたのだ。

紀州家五代藩主にして従三位・権中納言徳川吉宗であった。

二人の目が合って吉宗の表情が「あ……」となり、銀次郎は顔を顰めた。

吉宗は執務室の襖障子を閉めるや、ぐいっと銀次郎に詰め寄って囁いた。

「驚きました。何事でござるか」

「お主には関係ないことだ」

言葉短く返して先へ急ごうとする銀次郎の着物の端を、吉宗は抓むようにして捉えた。

「待ちなされ。その軽装では余りにもまずい」

「俺が承知の上でのこと。もう一度言うが、お主には関係のないことだ」

「銀次郎殿……」

吉宗は更に声を低くして、銀次郎に顔を近付けた。

「上様の御体調が急変してござる。ご存知か」

「なにっ……」

「今朝方、御三家に対し、急ぎ登城せよ、と老中若年寄会議より連絡あり申した」

「御体調が急変したのは何時？」

「それがしには判りませぬ」

「俺は登城前に、伯父で筆頭目付の和泉家へ立ち寄ったが、上様の御体調云云は知らぬ様子であった」

「大目付ほか幕閣要人が慌ただしく登城している様子は、今のところない。上様の御様子伺いには、尾張、紀州、水戸の順でと告げられており、先ほど尾張家が伺いを済ませ、私がこれより出向こうとしているところなのだ」

「上様は今どこに？」

「大奥の月光院様の御部屋にいらっしゃる」

「判った。俺も付き合う。行こう」

「え、その着流しで？」

「ごちゃごちゃうるさい事を申すな。おい、偉丈夫のお主が前に立って歩いてくれ。俺は目立たぬよう、後に従う」

「し、しかし……」

「しかしも、へちまもあるか。さ、急いでくれ」

「はい」

どちらが格上なのか判らぬ二人の声低いやりとりだった。

二人は大奥へと急いだ。白書院から竹之廊下を抜けて黒書院を過ぎ、御成廊下を大奥へ近付くにしたがって、医師たちの慌ただしい姿が見られるようになったが幕閣要人の姿は窺えなかった。

前を行く吉宗の歩みが緩くなって言葉短く囁いた。

「御鈴廊下です。柳生家が控えています」

「構わぬ。歩みを緩めずに……」

「わかりました」

歩みを緩めずに、と言っておきながら、銀次郎は吉宗との間を次第に空け、ゆっくりと進んだ。

御鈴廊下についてはこれまでに詳述してきたので、ここでは多くを書かない。大奥へ入るための重要な**関所**という見方で許されるだろう。

その重要な**関所**に今、柳生家五代当主**柳生俊方**（としかた）が、家臣たちを従えて正座し警護の任に当たっていた。

着流しで次第に近付いてくる銀次郎と、柳生俊方との目が合った。

俊方が、ゆっくりと立ち上がる。

銀次郎は俊方に対し、と言うよりは柳生新陰流（しんかげりゅう）の剣客に対し、丁重に頭を下げた。

これに対し、俊方も腰を折って応え、二人は小声で話を交わした。

「桜伊殿のご体調、その後、如何（いかが）でござる？」

「心配をお掛け致し申し訳ありませぬ。この通り、すっかり回復いたしました」

「あまり御無理なさるな。幕府にとって大事な体であることを忘れなきよう」

「恐れ入ります」

「さ、お通りなされよ。但（ただ）し、うるさい年寄りたちが控えてござる。覚悟なされよ」

「はい。それでは……」

銀次郎は柳生俊方が唇の端にチラリと覗かせた笑（え）みに推されるようにして、御鈴廊下に入った。少し先で立ち止まっている徳川吉宗が、呆れたようにこちらを見ている。柳生俊方と銀次郎の阿吽の呼吸とも思える親しさにびっくりしたようだった。

銀次郎と吉宗は歩みを急がせ、月光院様の御部屋へ向かった。

その部屋の前には、幾人もの奥女中たちが硬い表情で居並び控えていた。

黒鍬の者たちであると、銀次郎には直ぐに判った。いずれも見知った顔だ。しかし今は彼女たちに声を掛けている場合ではない。

「俺が先に入る……」

吉宗にそう断わった銀次郎は、中庭からの日がいっぱい当たっている障子に手を掛け静かに開けた。

次の瞬間、くわっと目を見開いた銀次郎の手が、腰の脇差にのびていた。

四十九

腰の脇差の柄にかかった銀次郎の手を、吉宗が慌てて抑えた。

いや、それよりも僅かに早く、銀次郎の手は脇差の柄から離れていた。打ち続いた激闘と陰謀に対決することで否応なく尖鋭化されてきた彼の反射的な〝動態分析能力〟は、今や比類なき位にある。

銀次郎の手が思わず脇差に走ったのは、こちらに背を向けている金髪の西洋人と判る男の大きな手が、寝床の上で目を閉じ呼吸荒い幼君家継の首へ伸びようとしていたからだ。

しかし、その寝床を挟んで向き合う位置に幕府の最高執政官にして学者である新井白石の姿を認めた銀次郎は、その西洋人をまさに反射的に〝医師〟と理解し己れを抑えたのだった。

それよりも、紀州藩主徳川吉宗と共に銀次郎が現われたことで、幼君家継の寝床を囲む月光院（幼君の生母）、天英院（先代家宣正室・幼君の嫡母）ほか、老中若年寄、奥医師たちは皆びっくりした。驚いた、とか、仰天した、とかの言葉は似合わなかった。びっくりした、という言葉がそのまま当て嵌まる奇っ怪に取り乱した表情だった。

唇を真一文字に結んだ銀次郎はつかつかと幼君の寝床に歩み寄るや、月光院と西洋人医師の間に割り込むようにして腰を下ろした。誰彼に有無を言わせぬ、重重しい勢いだ。

が、まだびっくりした態(てい)を引き摺(ず)る人人は、銀次郎に対し何も言えなかった。

このとき、頬を朱に染めて呼吸荒く目を閉じていた幼君が、薄目をあけた。

「上様、銀次郎でござる。遅うなりましたな。お許し下されい」

「おお……銀次郎……」

小さな手が布団の中から出て、その幼い手を銀次郎のごつごつした大きな右の掌(て)が確(しっか)りと包んだ。

「安心なされよ。この銀次郎、当分の間はこの場に控えておりましょうぞ」

天英院と老中若年寄たちがチラリと目を見合わせたのは、その瞬間だった。

月光院は目尻に湧き上がってきた小さな涙の粒を、そっと指先で抑えた。

銀次郎は左の掌を幼君の額(ひたい)に当て、目をギラリとさせた。

「熱い。熱過ぎる……」

呟(つぶや)いて口許(くちもと)を歪(ゆが)めた銀次郎は、寝床から離れた位置——新井白石の背側——に力なく並んだ奥医師たちへ目を向けた。睨(にら)みつけるようにして。

「ここ数日の、上様のお体の調子を診て下されたのは、どなたでござるか」

「申し訳ありませぬ銀次郎様。私(わたくし)でございまする。全く申し訳ありませぬ」

銀次郎の言葉が終るや否や、奥医師のひとりが透(す)かさず切り出し、畳に両手をついた。

なんと名医で知られた奥医師筆頭、**曲直瀬正璆**(まなせまさてる)であった。医家の名門でもある。

「これは……曲直瀬(まなせ)先生でござりましたか」

銀次郎の表情と口調が、ふっとやわらかくなった。

あれは何時(いつ)の事であったか。江戸城中へ侵入した正体不明の刺客集団と銀次郎が遠侍(とおざむらい)玄関前の広場で激突し、彼ら全員を討った銀次郎も深手を負ったことがあった。

その銀次郎の深刻な創傷を間髪(かんはつ)を容(い)れず、即座に治療したのが、曲直瀬正璆(まなせまさてる)と有能で知られた正璆の門下生（医生）たちである。正璆により選(え)りすぐられた医生たちは、将来の侍医候補として師に従っての登城が既に許されていた。

「銀次郎……」

月光院が己(おの)が肩を銀次郎の腕(かいな)にそっと触れて囁いた。

「曲直瀬は長く休みを取らずに上様の日日に付き添うていたので、私がこの数日休みを与えていたのじゃ。それゆえ銀次郎……」

「あ、いや、はい。全て頷けましてございます」

銀次郎は月光院に皆まで言わせず、己れの掌の中にあった家継の幼い手を布団の中へ「眠りなされ」とやさしく戻してやった。月光院に皆まで言わせなかったのは、曲直瀬の代診を勧めたであろう他の奥医師の名を口にさせないためであった。その者の名がこの場で出たなら、追い詰められた代診医は自害しかねない。そうなれば名医曲直瀬までが責任を口にせざるを得なくなる。いずれにしろ誰が代診を勧めたか、銀次郎の鋭い眼差は既に突き止めていた。居並ぶ奥医師たちの右から三人目、新井白石の斜め後ろに位置する中年の奥医師の顔色は蒼白であった。視線を自分の膝の上に落とし、明らかに打ち萎れている。

銀次郎は上体を深く前に倒し、自分の顔を幼君の顔に近付けた。

「さ、眠りなされ。眠れば熱も下がりましょう」

「眠とうない。銀次郎の顔を見たら、なんだか気分が少し良くなった」

「それはなにより。今日も明日もその次の日も、銀次郎は此処に居ましょうぞ」

「本当か……」

「この銀次郎、上様に偽りを申し上げたことなど、一度もございませぬぞ」

「うん……」

頷いた家継は母月光院と目を合わせた。

「母上……銀次郎が何処へも行かぬよう、確りと手を握っておいて下され」

「手を？……銀次郎の手をですか？……」

「そうじゃ。銀次郎はいつも忙し過ぎる。このような時でも、老中や若年寄の誰かが**何処其処へ行け**との命令を出しかねぬ。だから母上、銀次郎の手を摑んで決して離さないで下され」

「わかりました」

可愛い我が子に頼まれた月光院は、躊躇しなかった。隣の銀次郎の手に自分のすべすべとした雪のように白い手を重ねると、くいっと軽く引っ張ってなんと自分の膝の上にのせた。

銀次郎は抗わなかった。

だが、室内の空気は一気に硬直していた。

新井白石の右隣――銀次郎から見て――つまり家継の枕元には、役者も顔負けの美男幕僚**間部越前守詮房**（老中格側用人、高崎城主五万石）が控えていたからである。

月光院と間部越前守との烈し過ぎる関係は、今や幕府内で知らぬ者はいない。

月光院が銀次郎の手に全く戸惑うことなく触れたことで、間部越前守の唇の端が一瞬であったが歪んだ。いや、彼の胸の内ではこの時、巨木が四分五裂するかのようなメキメキバリバリという恐ろしい音を立てていた。

幼君はいつの間にか、瞼を閉じている。呼吸はやや鎮まっていた。

銀次郎は、間部越前守のことなど、気にも掛けていなかったが、月光院の手を静かに捻り切った。

月光院が然り気なく、銀次郎の横顔を流し目で睨んだ。

「おそれながら新井様……」

銀次郎は左隣の西洋人の横顔をチラリと見て新井白石に声を掛け、言葉を続けた。

「こちらの御方は、若しやオランダ人医師でいらっしゃるのでは？」

「うむ、そう思って戴いていい銀次郎殿。この場で多くを語れぬが、大変有能な頼れる医師だ。西洋の下熱剤を処方して戴いた。間もなく熱は下がり始めるとのことだ」

「その辺りのこと、通詞（通訳）を間に置いて、きちんと遣り取りして下さったのですね」

「むろんだ。大丈夫……安心して貰っていい」

唇の端に小さな笑みを見せて頷いた新井白石であったが、直ぐに真顔に戻った。

幼君が軽い寝息を立て始めた。

銀次郎は新井白石の目を見つめて、更に訊ねた。表情は落ち着いている。

「新井様、このオランダ人医師の名を教えて下され。出過ぎた事と承知の上でお訊ねしたい」

「出過ぎた事などとは思いませぬよ。この御方の名はダニエル・ファン・クレイエル Daniel van Cleijer。長崎のオランダ商館に詰めておる外科医じゃ」

「すると江戸での宿舎は……」

「お定めにより、日本橋本石町三丁目の長崎屋源右衛門方となっておるのは、銀次郎殿も知らぬ筈はありますまい。幕府への定例挨拶で江戸へ見えていた第八十二代オランダ商館長コルネリス・ラルディン Cornelis Lardijn は、既に長崎へ引き揚げておるが、江戸の医師たちの熱い要望もあって、西洋医術伝授のためこの御人には、暫く江戸に残って貰っておるのじゃ」

「わかりました。ではこの御人の日常における身辺警護には、充分に気を遣ってあげて下さい。万が一の事があらば幕府の恥となりましょうし、日本・オランダ二国間に罅が入りかねませぬ」

「そのような当たり前なこと、其方から言われなくとも判っておるわ」

押し殺した声で苛立を放ったのは、新井白石ではなくその横に位置していた間部越前守であった。

はったと銀次郎を睨みつけている。

「ならば安心。越前守様……」

さらりと返した銀次郎であったが、頭は下げなかった。

と、月光院が隣の銀次郎へ姿勢をやや傾けて囁いた。

「銀次郎、此処はもうよい。ご覧なされ。上様は心地よさそうに眠っておられる。其方の顔を見て余程に安心したのであろう。さ、此処はもうよい」

月光院がそう囁き終え、間部越前守がカリッと歯を噛み鳴らしたとき、銀次郎の肩を後ろから誰かが叩いた。

彼の直ぐ背後に神妙な面持で控えていた、徳川吉宗であった。

「上様へのお見舞の気持は充分に通じた。私も、もうよいのでは、と思うぞ」

吉宗は小声で言い終えるや、ゆっくりと立ち上がった。突然に無位無冠の銀次郎が出現したことで、泡立ち乱れていた室内の雰囲気であったが、この時になって漸く御三家の第二位、紀州公の存在が誰彼の目にとまった。言い変えれば、幕閣諸公にとって銀次郎の存在は、良い意味にしろ悪い意味にしろそれほど大きなものになっていたのだろう。出過ぎた杭、になり過ぎていたのかも知れない。

銀次郎は黙って立ち上がると、幕閣諸公に対して丁寧に腰を折り、吉宗に続いて部屋の外に出ていった。

「何と堂堂とした侍であることか。まれに見る武人じゃ」

銀次郎が出て行って障子が閉じられるのを待つようにして、誰かが言った。

家継の枕の上に座って、これまで一言も発しなかった先代の正室にして家継の嫡母（後見人）である天英院であった。

　この天英院の言葉で、室内の空気がまるで救われたかのように和らいだ。

　部屋の外に出た銀次郎は、むつかしい顔つきで吉宗に小声で告げていた。

「俺にはまだ大事な用があったのだ。知り合うてまだ浅い俺に、横合から軽軽しく口を出さないでくれ。上様へのお見舞の気持は充分に通じた、など何を根拠に言っておるのだ」

「これは済まぬ。なんだか部屋の空気が宜しくないので、助け船のつもりで……」

「俺は今しばらく、この部屋の前に残っておる。お前さんは先に引き揚げてくれるか」

「わかった。そうしよう。あとで松之廊下の部屋にちょっと立ち寄ってくれぬか。話があるのだ」

「**お萩**のことか?……それなら、またにしてくれ。俺はやらねばならぬ事を山ほど抱えている」

「うーん……」

「おい。消えてくれ。お萩の件についての話は、また別に必ず機会を作ってやるから」

「そうか……ならば消えよう」

吉宗は頷くと足早に銀次郎から離れていった。すぐ脇に居並んでいた奥女中たち――いずれも女黒鍬衆――にとっては、どれほどの小声の対話であっても、聞き逃すことはない。彼女たちはすぐれた聴覚を有しており、また聞き取り難い部分は読唇術――唇の動き――で読み取れる。

彼女たちは銀次郎と吉宗の小声の対話に驚いていた。どちらの家格が上か判らない遣り取りだったからだ。が、そのような驚きは誰も面には出さない。

銀次郎は**浦**と**滝**が揃って座っている前に立った。この場に居並ぶ女黒鍬衆の中では、**浦**も**滝**も大幹部というところだろう。

二人は黙って三つ指をつき、深く頭を下げた。

「ひと言ふた言で用は済む。ほんの少しの間、この場から離れよう。来てくれ」

言い残して銀次郎は歩き出し、五、六間先の廊下の角を左へ折れた。

あとに付き従ってきた**浦**と**滝**が、緊張の面持で銀次郎との間を詰めるようにして近寄った。

「黒兵はどうした……見当たらぬが」

「黒書院様、私がお答え致します」

浦が緊張の表情を僅かに朱に染めて囁いた。鍛えぬかれた黒鍬衆が感情の揺らぎで顔を朱に染めるなど只事ではない。

「今の私は無位無冠だ。黒書院様は似つかぬ」

「なれど……」

「まあよい。俺の問いに答えよ」

「我らのお頭様は本日、御役御免を申し渡され黒鍬組織より離れましてございます」

「本日の何時のことだ」

と、銀次郎の口調は、**浦**と**滝**の緊張の表情に比べ、極めて穏やかだった。

「**未明**のことにございます」

浦の**未明**という言葉は、伯父和泉長門守の言葉と一致している、と銀次郎は頷けた。

「黒兵に御役御免を申し渡したのは誰だ」

伯父の言葉では、**御役御免は黒兵自身から願い出たもの**、である筈だった。それを承知の上で問うた銀次郎である。

「判りませぬ。お頭様は我らよりも遥かに位の高い御方でございます。よって御役御免の詳細については、我ら如きの耳へは入って参りませぬ」

「遥かに位が高い、と申したな**浦よ**」

「はい。申し上げました」

「どのように高いのだ。具体的に申せ」

「それにつきましても判りませぬ。ただ、そのような御方である、という漠然とした**濃い噂**が黒鍬衆四百名の間に漂うてございます」

「濃い噂とは？」

「単なる噂ではなく事実に近い……という意味であろうと、お思い下さいませ」

「うむ……」

「既に幕府黒鍬衆の組織から離れたるお頭様、いいえ、黒兵様を追い求めることは真に危険でございます。どうか黒書院様、お踏み止まり戴きとうございます」

「誰が俺に危険を及ぼすと言うのだ。俺の伯父和泉長門守は筆頭目付の立場で黒鍬を支配してはおるが、それは黒鍬を幕府組織として眺めた場合の、組織長でしかない。その伯父が俺に危害を加えるなどは考えられぬ。黒鍬には幕府の組織長つまり俺の伯父とは別に、**大元締**が何処ぞに存在するのであろう。滅多に表に姿を現わさぬ隠れたる恐ろしい力を持った**大元締**が……違うか？」

「申し上げられませぬ……と言うよりは、我ら程度の立場では**大黒鍬**の全体像などとても語り尽くせないのでございます。私も横に控えております**滝**も、黒鍬の中では決して下位の立場ではありませぬ。それでも御役御免となりしお頭様から見れば、小さな小さなまさに小者でしかございませぬ」

「わかった。もうよい。行きなさい」

「ご免下さりましょう」

二人は丁寧に腰を折り、**浦**、**滝**の順で銀次郎から離れていった。

しかし、**滝**の歩みが幾らも行かぬ内に止まり、足音微塵も立てず、すうっと滑るが如く銀次郎の前に戻ってきた。どこか憂いのある表情だった。

「**お館様**と呼ばせて下さりませ。出来ますれば京への**お館様**ご自身の御役目を御検討下さりまして、早い内にお旅立お願い申し上げまする」

囁き声で告げ終えた**滝**は、これ以上は申し上げられません、と言わんばかりに眼光を鋭くさせ、銀次郎の返事を待たず引き返して行った。

「京（みやこ）へ？……どういう意味だ……京に黒兵が居るとでも言うのか」

呟きながら、気持はもう遠侍の玄関から出ていた。**松之廊下の紀州藩詰所**を訪ねる積もりなど、はじめから無かった。

五十

城を出た銀次郎が麹町（こうじまち）の桜伊屋敷に戻らず、小石川（こいしかわ）御薬園にほど近い隠宅（いんたく）（隠居所）へ身を置いてから四日が過ぎた。

その四日の間、銀次郎は全く外出をせず、居間の広縁に出て手枕でごろりと横になっていることが多かった。目の前には青青とした田畑が広がり、間近な灌漑（かんがい）用の『**蝶が池**』の周辺には黄色い小花が一面に咲き乱れているというのに、無関心だった。

下働きの**コト**も亭主（つれあい）の**杖三**（つえぞう）も、あまり見せることがない銀次郎の表情の翳（かげ）りを心配して、声を掛けることを遠慮していた。

銀次郎は、考え事をしていたのだ。気分が硬直してしまう程に、真剣に。

「お茶でもどうですかのう旦那様。貰い物の羊羹がありますのじゃがな」

土間との間を仕切っている障子の向こうで、**コト**の遠慮がちな声があった。

「いや、今はいい……有り難う」

コトの気遣いを思ってやんわりと返した銀次郎は、手枕を解いて立ち上がった。

羊羹は新しい菓子の印象があるが、現在との味の違いはともかくとして室町時代には既にあったから驚く。甘葛（アマチャヅルの樹液を煮詰めて甘味料とした）で甘みをつけたものと、砂糖を用いたものがあったらしいが、砂糖羊羹の方が遥かに高級菓子であったに相違ない。

コトの言った羊羹とは、たぶん甘葛羊羹の方だろう。

「**コト**や、ちょっとその辺りをぶらぶらしてくる……」

銀次郎は土間の方へ声を掛け、**コト**の返事を待たずに広縁から踏み石の上に下りて雪駄を履いた。

丸腰のまま、彼は灌漑用池（蝶が池）の畔に沿って、両手を懐にゆったりと歩いた。

無用心この上ない有様、と言うほかない。これまで幾度、刺客たちに襲われてきたことか。その刺客たちの殆どは未だ正体が知れていない。それどころか、正体を暴くことに銀次郎はさほど熱心ではない。

それは『自分が襲われた』からであった。自分が追い詰められたことぐらいで、あたふたするべきではない。その考えが銀次郎の心の片隅に常にあった。自分が襲われたことに対して対処することは、**御役目に当たらず**、と彼は思っている。

銀次郎は青青とした田畑に挟まれた畦道に入っていった。

今日も百姓たちは忙しそうで熱心だった。其処彼処で鍬を振るい、雑草を取り払い、そして収穫した大根や芋や青菜を大きな竹編みの笊に、丁寧にひとつひとつ納めている。決して投げ入れるようなことはしない。畑の幸は百姓たちの汗の結晶なのだ。

畑仕事の邪魔をしてはいけないと銀次郎はなるべく彼らに近付かぬようにし、左手方向に見えている大きな農家――お萩の住居――へ向かった。べつに紀州公**徳川吉宗**の用を抱えてお萩の住居へ足を向けている訳ではなかった。お萩にすっかり心を奪われているらしい吉宗については、慎重に当たらねばならぬと考えている。お萩の『幸』『不幸』にかかわる大問題である、と油断なく厳しく眺めていた。

遠目に銀次郎に気付いたらしい百姓たちが、動きを休めて軽く腰を折ったりした。額に巻いた手拭を取って挨拶をする百姓もいる。

それらに対して銀次郎は、笑顔で応じ、軽く手を上げてみせたりした。

お萩の住居は静まり返っていた。庭を走り回っていた元気な鶉も見当たらない。

「子供たちは手習い塾かな……」

呟いて銀次郎は、鶉の巣がいっぱいあるとお萩が言っていた、住居裏手の竹藪へそっと近付いていった。

創痕目立つ銀次郎の表情が、思わず笑みで弾けた。

いた。たくさんいた。いずれも竹の枯葉に埋まるようにして、熟っと蹲っている。

銀次郎が「こいこい……」と手招いても、身じろぎひとつしない。

彼は竹林を見まわし、密生する竹に覆われた空を仰いだ。空からの天敵、烏や猛禽類なかでも隼（全国に分布）を心配したのだ。地上の天敵はキツネだろう。隼の主食は鳥であることが多く、水平飛行速度は時速一〇〇キロを超え（これはチーターに匹敵）、餌の鳥を狙うと急降下に移る。

「あら、旦那様……来てらしたのかね」

後ろで明るい声があったので、銀次郎は振り返った。

お萩が満面に笑みを浮かべ、清潔そうな白い歯を覗かせて立っている。見違えるばかりに日焼けし、背には赤子を背負い、脇に畦道用であろう小造りな大八車を置いていた。

その大八車にのせていたのは、田畑の幸を山積みにした竹編みの笊だ。

「ほほう、ついこの前に会ったときに比べ、随分と日焼けしたなあ。元気そうで何より」

と言いつつ、お萩にゆっくりと近付いていく笑顔の銀次郎だった。

「へえ、このところさ毎日畑に出ておりまっす。日差しがまあ強いもんで日焼けだけはどうにも……」

「子供たちの姿が見えぬが、畑か？」

「いえ、手習いに行っております。親よりもはあ、子供んたちの方が熱心なもんで、このところさ毎日のように」

と、ニコニコ顔のお萩だった。

「それは結構なことだ。将来が楽しみだな。おい、大八車の笊を下ろしてやろう。土間でよいのか」

「はい、土間で……でも旦那様にそのようなことをさせたら爺ちゃんに叱られ……」

「いいから、いいから……」

銀次郎は言うなり、大八車にのった笊二つをたちまちの内に、土間へ移した。

「旦那様。湯がいつも沸いてっからお茶を淹れまっしょ。どんぞゆっくりとしていって下さい」

「赤子を下ろして少しホッとしたらどうなのだ。どれ……」

銀次郎はお萩の背に回って促した。青田の中で赤子を背負いつつ一生懸命に立ち働いたあとの、お萩の若さがあふれた汗の香りで、銀次郎はほんの一瞬、くらっとなった。已むを得ない男の本能の、針の先ほどの震え、とでも言うのか。

土間口に銀次郎を残して、お萩は赤子を抱き家の中へ入っていったが、小皿にぼたもち（お萩）を二つのせて、直ぐに出てきた。取り皿用の小皿も、ちゃんと調えている。目を細めた可憐な表情が、なんとも楽し気だ。

「おや、お萩がお萩を手にして現われたな」

「ふふっ。私、旦那様が来ると、なんだか気持が明るく楽しくなります」

「こんなに傷痕だらけの顔だぞ。恐ろしくはないのか」

「ぜんぜん……私を見る旦那様の目、とてもやさしいから……」

「そうか……そう言うてくれるか」

「いま、お茶を淹れてきまっしょ。縁側に座って、これ食べてて下さい」

「うん」

銀次郎はお萩から小皿を受け取ると、縁側に寄って行き腰を下ろした。

お萩は座敷の閉じられていた障子を開けて、縁側に現われた。

「あれ、旦那様。ぼたもち、お召し上がりになってないね」

「お前を待っていたのだ。俺もお前と話していると楽しいのでな」

「本当？」

「ああ、本当だ」

「本当なら嬉しいな。とても……」

お萩は、ふっと真顔になると、急須の茶をポコポコと音を立てて湯呑みに注いだ。

「どうぞ……」

「いい香りだな。この葉茶も庭の垣根の？」

「はい。大切に育ててきた垣根茶の新芽です。茎(くき)を傷めぬよう上手に摘(つ)むと、はあ年に二度、新芽を出してくれます。これはほんの少し前に摘んだばかりで……」

「ふうん、少し前にのう……道理で新鮮で甘いわ」

銀次郎は感心して、香り高い茶を口に含んだ。

お萩が「あ……」という小声を発したのは、この時だった。叫びではなく、まさに小声だった。そして指を銀次郎の斜め後方へ差している。

銀次郎の隠宅の方角だ。

「ん？　どうした……」

銀次郎は湯呑みを手にしたまま踏み石の上に立ち上がり、お萩の指差した方へ視線をやった。

彼の表情が曇った。

隠宅の前に、今まさに厳めしい行列が差し掛からんとしていたのだ。青田の中で立ち働く百姓たちでその行列に気付いた者は、鍬を持つ手を休め茫然と見守っている。

「旦那様、お帰りになった方が……」

「慌てずともよい。さ、お萩や、ぼたもちを味わいたいのう」

銀次郎は再び腰を下ろした。

「は、はい」

銀次郎は香り高い熱い茶を幾度となく啜り、「これはいい。たまらぬ香りだ……」と目を細めて漏らした。

お萩は小皿のぼたもち一つを取り皿に移し、箸で丁寧に二つに分けて黙って銀次郎に差し出した。

銀次郎宅へ突然に現われた厳しい行列で、お萩の顔色はすっかり良くない。なにしろこの純(うぶ)で可憐な若い嫁（未亡人）は、徳川吉宗の〝奇襲〟をつい最近に受けているのだ。その時に受けた一家全員の大衝撃は、未(いま)だ尾を引いているのであろう。

銀次郎は「こいつは旨(うま)い……」とお萩が二つに分けてくれたぼたもちを、たちまちの内に平らげた。

「お萩や……」

「はい」

「この前にお前たち一家を驚かせた無作法な侍のことは、心配せずともよい。この俺はお前の味方じゃ。安心せい。それにあれはそんなに性根(しょうね)の悪い奴じゃないのでな」

「旦那様は暫くこの百姓家で、寝起き出来んかのう。部屋は幾つもあるけんど……」

「そんなに心配なのかえ。あれが……」

「うん」

「お前は亭主を病(やまい)で亡くした若くて可愛い女じゃ。そんな魅力的な女の住居(すまい)へ、いくら家族が大勢いるとは言え、俺のような荒くれが立ち入るべきではない。わかるな?」

「だども旦那様は、荒くれじゃない……」

そう言ってお萩が今にも泣き出しそうな顔になったとき、突如として庭先が慌ただしくなった。

隠宅の小者(下働き)**杖三**が、血相を変えて駆け込んできた。いや、**杖三**だけではなかった。彼に続いて、身形正しい二人の侍が、息急き切って突び込んできたのだ。そう、突び込む、という形容そのままの激しい勢いであった。表情を引き攣らせて。

「旦那様……旦那様……」

「何事だ杖三。落ち着きなさい」

銀次郎はそう言いながら、二人の侍の方へ険しい目を向けていた。

二人の侍はどうやら銀次郎を見知っているのか、創痕目立つ銀次郎の顔に思わず息を吞み表情を乱すようなことはなかった。二人揃ってきちんと一礼するや、大きな踏み石の手前まで来て片膝をつき、もう一度頭を下げた。

「柳生**御盾班**頭澤山柳吾郎にござりまする」

「同じく柳生**御盾班弓組**頭貝賀洋四郎にございまする」

　両名が素早く交互に名乗った。柳生御盾班は、将軍正室、将軍側室といった高位の女性が用あって城の外に出る際、身辺警護に当たる柳生家の一騎当千である。将軍が城の外に出る（出御と言う）時は、その前後・周囲を強力な番方五番の番士（大番、書院番、小姓組番、新番、小十人組）が御盾役を勤める。

　柳生御盾班は右と同じ性格を有する、高位の女性を護る**江戸柳生**の武士団であった。

「柳生の警護とは只事でないな。俺が棲む荒家などへ一体どなた様がお見えじゃ」

「この場にて御名前を申し上げて宜しゅうございましょうか」

　二人の内の年長者――三十過ぎ――に見える侍が、お萩をチラリと見て言った。

「構わぬ。俺は怪しい者は身傍には置かぬわ。安心致せ」

「はい。では申し上げます。月光院様と新井白石様が上様の御名代で参られましてございます」

「なに。上様の御名代でとな……」

「はい。よって急ぎお住居まで戻られるように、と新井白石様の御指示でございます」

「承知した。月光院様、新井様ともに居間にお上がりになって床の間を背に、ほんの暫しお待ちを、と新井様にそっとお伝えしてくれ。私は直ぐに戻るゆえ」

「畏まりました」

二人の柳生衆は身を翻すや、あっと言う間に銀次郎の前から消え去った。

「これ杖三。そう怯えるでない。新井様は茶にうるさい御方じゃ。そこでな……」

踏み石の上に立ち上がった銀次郎は、お萩を振り向いた。

「すまぬが、お萩や。新鮮な甘いこの茶葉を少しばかり……」

そう言ってまだ手にしている湯呑みを、ちょっと上げて見せた。

「これをな。少しばかり杖三に持たせてやっておくれでないか」

「はい、旦那様……」

お萩は言うなり腰を上げ、台所の方へ消えていった。

杖三にとって甲造さん家は幾度となく往き来している、親しい百姓家だった。彼は自分から土間の方へ回り、遠慮することなく入っていった。

銀次郎は杖三が現われるのを待たずに、隠宅へ向かった。決して慌ててはいなかったが、月光院様が訪れたとなると、さすがに針の先ほどの失礼も許されない。しかも将軍御名代である、と言うのだ。

　それでも頭の中で過去のあれこれを巡らす銀次郎の表情は、不機嫌そうであった。判打ち小判事件を追って、天下騒乱を陰謀だ前の老中首座で幕翁こと大津河安芸守とその強力な配下集団を激闘に次ぐ激闘で倒してから、まだ安心するほどの月日は経っていないのだ。しかもここ最近、銀次郎は正体不明の刺客に、幾度も襲われている。さらに江戸城中へ複数の謎の侵入者があったのは、ついこの前の事である。

「……そのような時に、いくら将軍の御名代とは申せ、月光院様を城の外へ御出しするとは、老中若年寄どもは一体何を考えているのか……」

　呟いて、チッと舌を打ち鳴らした銀次郎であった。

「新井白石様ほどの幕僚が、月光院様の外出は危険、と判断なさらなかったのか……」

銀次郎は、隠宅を取り囲むようにして警戒している行列が目の前に近付いてくるにしたがって、尚のこと腹立たし気に呟いて舌を打ち鳴らした。

日は燦燦（さんさん）と降り注いで心地好く、**蝶が池**の畔ではうるさい程に小鳥が囀（さえず）っていた。

五十一

銀次郎は、月光院が在（おわ）す床の間に向かって充分な間をとり、一言も発せずに平伏した。将軍御名代の月光院である。銀次郎には不似合な程の、まさに平身低頭であった。

左手直ぐの座には**従五位下・筑後守**新井白石の姿が、こちらを向いたやや斜め座りの姿勢で認められた。この部屋に入った瞬間銀次郎は、新井白石が唇をへの字に結び、睨みつけるような視線を自分に向けてきたことを素早く捉えている。

白石の膝前には葵（あおい）の御紋が入った黒漆塗（くろうるしぬり）の手文庫があった。

「銀次郎、面（おもて）を上げなさい」

静かな澄んだ月光院の声であった。

銀次郎は将軍御名代のお言葉に従って、ゆっくりと顔を上げ月光院と目を合わせた。

部屋に居るのは、月光院、新井白石、そして銀次郎の三人だけだった。閉じられた障子の外側は、柳生御盾班の手練（てだれ）で埋め尽くされている。

「今日は老中若年寄会議の決まりに従い、上様の御名代として参ったのじゃ。但（ただ）し、本来なら天英院様が上様御名代として、この月光院が御名代お側役（そばやく）として訪ねるところであったのじゃが、天英院様、お膝をお傷（いた）めになられてのう……」

銀次郎は月光院と視線を合わせたまま、黙って聞き流した。天英院が主役として訪ねて来る予定であった、というのは銀次郎の耳には何故か意外に聞こえた。

澄んだ綺麗な声でひと通りのことを淡淡と事務的な口調で話し終えた月光院は、「筑後……」と声を掛け、「はい」と応じた新井白石にこっくりと頷いて見せた。

白石の手が膝前の手文庫の蓋（ふた）をあけ、書状を取り出して拝むかのように額（ひたい）を軽く下げた。

今度は、白石が銀次郎と目を合わせた。厳しい眼差の白石であった。

「桜伊銀次郎……」

と、殿を付けぬ白石だった。それだけで、幕命が突き付けられるな、と銀次郎には予想がついた。

「はい」

素直にやわらかく応じた銀次郎であった。月光院の視線が、自分の頬を射ているのが判った。ただ、熱さを覚える視線ではなかった。むしろ、ヒヤリとしたものを、銀次郎は感じた。

白石が厳かな口調で告げた。

「恐れ多くもただいま御部屋様が申されたように今日はこの新井白石、上様御名代お側役として御部屋様に付き従って参った。今より伝える幕命は、上様の御指示によって大老・老中若年寄会議にて決定されたものじゃ。慎んで聞くがよい。なお、これより伝える幕命に対し、意見・異議は受け入れられぬものと承知されたい。よいな」

冷やかな口調の、白石の言葉だった。

「承(うけたまわ)りまして ございまする」

銀次郎はやや左手の位置から伝えられた白石の言葉に対して、正面の月光院に対し恭(うやうや)しく頭を下げ、はっきりと返した。

月光院が、微(かす)かに頷いてみせた。先程よりも銀次郎を見つめる眼差が随分とやさしくなっていた。我が息家継が誰よりも信頼し敬っている銀次郎なのだ。

新井白石が膝前にあった黒漆塗の手文庫の蓋を取った。

書状が入っていた。どうやら二通。

銀次郎は視野の端でそれを認めると、月光院にもう一度恭しく頭を下げてから、白石の方へ姿勢を改めた。つまり将軍生母である月光院から見て、銀次郎の座り姿勢がいささか非礼ながら少し斜めとなったのだ。それはこれより申し渡される**幕命**、つまり**上様**に対する銀次郎なりの作法であった。

白石が書状一通を手に取って広げた。即座に「あ、申し渡される幕命とは辞令であるな……」と銀次郎には判った。意見・異議を申し立てられない辞令ならば、受け入れる他ない。拒めば、それは将軍に対する反撥と捉えられる。神君(しんくん)家康公より『**永久不滅感状**』を授けられた桜伊家と雖(いえど)も、幕閣が結束し『**厳罰**』を下そうと思えばできぬことはない。なにしろ神君家康公が亡くなったのは、既に遠い過去なのだ。**刻の経過というものは、『過去の権力』を好むと好まざるとにかかわらず、薄めてしまう。**新しい歴史に厚く塗り替えられる、という作用によって。

「申し上げるぞ桜伊銀次郎。心を鎮めて私の一語一句をようく聞かれよ」

申し上げるぞ、という表現を用いた白石の目が、一段と険しさを増した。

目の高さに上げた書状を、白石は抑え気味な声で読み出した。

「桜伊銀次郎。本日付にて従四位下・備前守に叙し……」

白石はそこで言葉を切ると、神妙な面持の銀次郎へチラリと視線を流した。

いま、**無位無冠にして無職**旗本の銀次郎にとって、従四位下という位階が、如何に高位であるか充分に理解できていた。むろん、白石よりも上位だ。そう易易と与えられる位階ではない。

ただ室町時代以降の武士の位階授与について、いわゆる〝飛び級〟と称することが許される特徴が無くもなかった。著名な人物でのわかり易い一例をあげておきたい。柳生新陰流兵法（剣法）の祖として知られる柳生石舟斎宗厳（大和国柳生在）に、その源技である**陰流**の諸技を伝授したのは、かの有名な上泉伊勢守信綱である。信綱はいわゆる戦国合戦剣法の研究者であり熟達者であったのだが、やがて**愛洲日向守移香斎**と出会って**陰流**の皆伝を受け、新陰流の創始へとつながってゆくのである。

また彼は、**小笠原武勇入道氏隆**とも出会って、**兵法**、**軍法**、**軍敗法**の三学をも学んで軍略家としても大成した**文武の人**でもあった。これら豊富な知識と諸技を京に在っては、**公卿**たちに伝授したり剣法を**御所**で演じたりと忙しく勤めたことが認められてか、突然のように**従四位下**に叙され——元亀元年六月二十七日——ている。それまでは明らかに**無位**であったというのにだ。

これらのことから位階は、**よほどに高い称讃**、**評価**、**謝意**、といったことでの〝飛び級〟（越階と言う）が、充分に有り得ると考えられる。

物語へ戻らねばならない。

白石が、その点が矢張り重要なのであろう言葉を戻して、力強い口調で告げた。

「……従四位下・備前守に叙し、**本丸参謀長**の職を命じて**六千石**を給する」

そう述べ終えた白石は、書状を素早く折り畳むや、手文庫に残っているもう一通と入れ替えて広げた。六千石とはまた、とんでもない高禄だ。只事とは思えない。銀次郎の顔色が、さすがに変わっていた。

「桜伊銀次郎。本丸参謀長の職掌について申し渡す。**その一**、一朝有事の際における**将軍直属軍**を指揮統括すべし。**その二**、江戸市中における幕府**刑事機関**を統括すべし。**その三**、京における二条城を拠点とし、**京の全機関**を統括すべし。以上、申し渡す」

白石は書状を折り畳んで手文庫に戻すと、漸くホッとした眼差で銀次郎を見た。

「桜伊銀次郎、辞令および職掌については後ほど手渡す。異議・意見は受け付けぬが、質問があれば申してみよ。但し、一件に限るとする」

「有り難うございまする。**その三**の**京の全機関**の意味がよく判りませぬ。もう少し嚙み砕いてお命じ下さるわけには参りませぬか」

「申した通りだ。自分で判断し計画した日時で自主的に京へ入り、二条城を拠点として京の全てを検よと言うことじゃ。検よという文字は、検察の**検**に、**よ**、じゃ。これだけ言えば判るであろう」

「と言うことは、幕府の機関はもとより、**朝廷**も**公卿**たちも含まれるのですな」

「当然じゃ。至極、当然のことじゃ」

白石が深深と頷いたとき、閉じられている障子の向こうで突然、「ぎゃあっ」という凄まじい悲鳴が生じた。

（次巻に続く）

「門田泰明時代劇場」刊行リスト

ひぐらし武士道
『大江戸剣花帳』（上・下）
徳間文庫　平成十六年十月
光文社文庫　平成二十四年十一月
新装版　徳間文庫　令和二年一月

ぜえろく武士道覚書
『斬りて候』（上・下）
光文社文庫　平成十七年十二月
徳間文庫　令和二年十一月

ぜえろく武士道覚書
『一閃なり』（上）
光文社文庫　平成十九年五月

ぜえろく武士道覚書
『一閃なり』（下）
光文社文庫　平成二十年五月
徳間文庫　令和三年五月
（上・下二巻を上・中・下三巻に再編集して刊行）

浮世絵宗次日月抄
『命賭け候』
徳間書店　平成二十年二月
徳間文庫　平成二十一年三月
祥伝社文庫　平成二十七年十一月
（加筆修正等を施し、特別書下ろし作品を収録して『特別改訂版』として刊行）

ぜえろく武士道覚書
『討ちて候』（上・下）
祥伝社文庫　平成二十二年五月
徳間文庫　令和三年七月

浮世絵宗次日月抄
『冗談じゃねえや』　徳間文庫　平成二十二年十一月
光文社文庫　平成二十六年十二月
（加筆修正等を施し、特別書下ろし作品を収録して『特別改訂版』として刊行）
祥伝社文庫　令和三年十二月
（上・下二巻に再編集して刊行）

浮世絵宗次日月抄
『任せなせえ』　光文社文庫　平成二十三年六月
祥伝社文庫　令和四年二月
（上・下二巻に再編集し、特別書下ろし作品を収録して『新刻改訂版』として刊行）

浮世絵宗次日月抄
『秘剣　双ツ竜』　祥伝社文庫　平成二十四年四月

浮世絵宗次日月抄
『奥傳　夢千鳥』　光文社文庫　平成二十四年六月
祥伝社文庫　令和四年四月
（上・下二巻に再編集して『新刻改訂版』として刊行）

浮世絵宗次日月抄
『半斬ノ蝶』（上）　祥伝社文庫　平成二十五年三月

浮世絵宗次日月抄
『半斬ノ蝶』（下）　祥伝社文庫　平成二十五年十月

浮世絵宗次日月抄
『夢剣　霞ざくら』　光文社文庫　平成二十五年九月
祥伝社文庫　令和四年六月
（上・下二巻に再編集して『新刻改訂版』として刊行）

拵屋銀次郎半畳記
『無外流　雷（いなずま）がえし』（上）　徳間文庫　平成二十五年十一月

拵屋銀次郎半畳記
『無外流 雷（いなずま）がえし』（下）　徳間文庫　平成二十六年三月

浮世絵宗次日月抄
『汝 薫るが如し』　光文社文庫　平成二十六年十二月
（特別書下ろし作品を収録）
祥伝社文庫　令和四年八月
（上・下二巻に再編集して『新刻改訂版』として刊行）

浮世絵宗次日月抄
『皇帝の剣』（上・下）　祥伝社文庫　平成二十七年十一月
（特別書下ろし作品を収録）

拵屋銀次郎半畳記
『俠客』（一）　徳間文庫　平成二十九年一月

浮世絵宗次日月抄
『天華の剣』（上・下）　光文社文庫　平成二十九年二月
祥伝社文庫　令和四年十月
（加筆修正を施し、『新刻改訂版』として刊行）

拵屋銀次郎半畳記
『俠客』（二）　徳間文庫　平成二十九年六月

拵屋銀次郎半畳記
『俠客』（三）　徳間文庫　平成三十年一月

浮世絵宗次日月抄
『汝（きみ）よさらば』（一）　祥伝社文庫　平成三十年三月

拵屋銀次郎半畳記
『俠客』（四）　徳間文庫　平成三十年八月

浮世絵宗次日月抄
『汝よさらば』（二）　祥伝社文庫　平成三十一年三月

拵屋銀次郎半畳記
『俠客』（五）　徳間文庫　令和元年五月

浮世絵宗次日月抄
『汝よさらば』（三）　祥伝社文庫　令和元年十月

『黄昏坂　七人斬り』　徳間文庫（特別書下ろし作品を収録）　令和二年五月

拵屋銀次郎半畳記
『汝　想いて斬』（一）　徳間文庫　令和二年七月

浮世絵宗次日月抄
『汝よさらば』（四）　祥伝社文庫　令和二年九月

拵屋銀次郎半畳記
『汝　想いて斬』（二）　徳間文庫　令和三年三月

浮世絵宗次日月抄
『汝よさらば』（五）　祥伝社文庫　令和三年八月

拵屋銀次郎半畳記
『汝 想いて斬』（三）　徳間文庫　令和四年三月

拵屋銀次郎半畳記
『汝 戟とせば』（一）　徳間文庫　令和四年九月

『日暮坂　右肘斬し』　徳間文庫　令和五年六月

拵屋銀次郎半畳記
『汝 戟とせば』（二）　徳間文庫　令和五年八月

この作品は二〇二二年九月号から二三年六月号まで「読楽」に連載され、大幅に加筆・修正したオリジナル文庫です。

徳間文庫

拵屋(こしらえや)銀次郎半畳記

汝(きみ)戟(げき)とせば 二

2023年8月15日 初刷

著者 門田泰明(かどたやすあき)

発行者 小宮英行

発行所 株式会社徳間書店

東京都品川区上大崎三―一―一 〒141―8202
目黒セントラルスクエア

電話 編集〇三(五四〇三)四三四九
販売〇四九(二九三)五五二一

振替 〇〇一四〇―〇―四四三九二

印刷 製本 大日本印刷株式会社

ISBN978-4-19-894885-6 (乱丁、落丁本はお取りかえいたします)